uma história de verão

Pam Gonçalves

2ª edição

Galera

RIO DE JANEIRO
2018

CIP-BRASIL. CATALOGAÇÃO NA PUBLICAÇÃO
SINDICATO NACIONAL DOS EDITORES DE LIVROS, RJ

G628h
    Gonçalves, Pam
2ª ed.   Uma história de verão / Pam Gonçalves. - 2. ed. - Rio de Janeiro : Galera Record, 2018.

ISBN 978-85-01-11097-8

1. Ficção juvenil brasileira. I. Título.

17-43087   CDD: 028.5
                                                    CDU:087.5

Copyright © 2016 por Pam Gonçalves

Todos os direitos reservados.
Proibida a reprodução, no todo ou em parte,
através de quaisquer meios.

Texto revisado segundo o
novo Acordo Ortográfico da Língua Portuguesa.

Composição de miolo: Renata Vidal
Ilustrações de pássaros e coração: Freepik.com

Direitos exclusivos desta edição reservados pela
EDITORA RECORD LTDA.
Rua Argentina, 171 - Rio de Janeiro, RJ - 20921-380
Tel.: (21) 2585-2000.

Impresso no Brasil

ISBN 978-85-01-11097-8   EDITORA AFILIADA

Para todos aqueles que partiram meu coração. Pelo menos serviram de inspiração para esta história.

1

— VOCÊ é a única pessoa que eu conheço que ama esse lugar, mas só pede chocolate quente. Como consegue tomar isso nesse calor infernal? — comenta Gisele logo que faço o pedido no balcão, alto o suficiente para que todas as pessoas na pequena cafeteria escutem. Tento repreendê-la com o olhar, mas ela está concentradíssima no cardápio como se fosse a primeira vez que o visse na vida.

Ela tem razão, está um calor infernal. Estamos no meio do verão e o termômetro da avenida marca 40 graus. Tubarão, apesar do nome, não é uma cidade de praia — muito menos tem tubarões, desculpe desapontá-lo —, então não temos o recurso da *brisa de verão*, aquele ar refrescante das cidades litorâneas. Aqui o sol bate no asfalto e nas paredes e ninguém consegue fugir, nem as capivaras têm coragem de sair de dentro do rio durante o dia. Mentira, não sei se elas estão passeando por aí com essa temperatura, mas, se eu fosse uma delas, com certeza já conheceria meu destino.

— O mesmo de sempre? — pergunta Lia, a barista simpática que tem uma paciência gigante com a gente.

Quando digo "a gente", estou me referindo à patotinha, o trio, a gangue, o grupo de amigos que eu tenho desde o ensino fundamental. Fiquei amiga da Gisele no segundo ano, mas só conheci Yuri no quinto. Desde então não nos desgrudamos, mas isso estava prestes a acontecer.

— Sim. — Gisele sorri agradecida para Lia e olha para mim com as sobrancelhas levantadas. Como se não fosse nada demais conferir o cardápio pela milésima vez e pedir o mesmo de sempre.

Algumas coisas nunca mudam, apesar de estarmos ansiosos pelo futuro.

Eu peço um chocolate quente, Gisele, o mocha, e Yuri, sempre atrasado, um frappuccino. Sustentamos esse pequeno ritual desde que essa cafeteria abriu na cidade. No começo, viemos pela novidade, depois de um ano percebemos que somos viciados no pequeno lugar.

— Qual o horário que vão liberar o resultado mesmo? — pergunto, conferindo pela vigésima vez o relógio do celular.

Nos sentamos na mesa de sempre, próxima o bastante da entrada para ver tudo que se passa lá fora, e escondida o suficiente para não nos verem do lado de dentro.

— Às quatro — responde Gisele. — Fica fria, é óbvio que você passou!

Ela diz, revirando os olhos como se tivesse a certeza de que iria amanhecer todos os dias, e mantém uma postura um pouco mais rígida do que o normal. Com certeza está ansiosa ou desconfortável com o resultado das provas.

Pode parecer incrível, mas não estou nervosa por achar que não passei, mas, sim, por pensar nas consequências se isso acontecer. Eu passar, no caso. Hoje é o dia que vai marcar o restante da minha vida e provavelmente o meu maior ato de rebeldia.

— Sua mãe vai fazer o jantar de comemoração dos gêmeos superdotados e tudo continua igual, nada acontece, feijoada... — Minha melhor amiga dá um tapinha na minha mão e sorri de forma forçada. O sarcasmo é a arma que ela tem para disfarçar a insegurança.

A lembrança do jantar me faz ignorar o comportamento de Gisele. Eu já esquecera a comemoração que minha mãe planeja há semanas. Assim que teve certeza do dia que sairia o resultado do SISU, ela fez questão de marcar o evento antes que qualquer outra amiga — ou seria inimiga? — socialite fizesse o mesmo.

Minha mãe praticamente já está certa de que meu irmão e eu estamos dentro da universidade, seguindo o plano criado quando o ultrassom anunciou gêmeos. Tenho a teoria de que ela só esperava pelo André Luís, mas daí eu fiz questão de aparecer em um *photobomb* na primeira fotografia do meu irmão dentro do útero. Os planos dela seriam ainda mais perfeitos se eu não tivesse vindo com uma falha na matriz, se não fosse a única que parece enxergar o quanto a nossa família é péssima e tóxica. Para falar a verdade, acredito que minha mãe também saiba, mas acha mais importante investir na imagem de família perfeita.

Um arrepio passa pelo meu corpo assim que imagino a palhaçada que me espera à noite. Detesto esses jantares. Tudo muito forçado. Sorrisos de porcelana. Vozes estrategicamente no tom certo. Olhos de lince observando todos os detalhes para depois servirem de espelho para as fofocas.

Eu ainda não havia contado para ninguém o que fiz havia algumas semanas, é claro. Em um impulso de raiva e grito de liberdade, acabei marcando como primeira opção no formulário do exame o curso que eu sempre quis. Nada de Direito, como indicava os planos da dona Martha, esposa do Luís Otávio — minha mãe.

Cinema.

Evitei pensar sobre o assunto. Meu pai provavelmente me olharia com desgosto e ficaria imaginando se realmente eu era filha dele. Acredite, ele já fez isso. Minha mãe reagiria de uma forma que machucaria mais o meu coração, porque sei que ela tem esperanças. Espera que eu seja melhor que ela. Mesmo que para isso eu precise aceitar qualquer coisa que me seja imposta durante a adolescência. O problema é que, para mim, já estou sendo muito melhor por não aceitar sem resistência o que está acontecendo. É impossível fechar os olhos para o que corrompe a família perfeita e que, apesar de não transparecer na superfície, está completamente envenenada por dentro.

— Aqui está, meninas. — Lia coloca sobre a mesa o meu chocolate quente e o mocha de Gisele. — Estão prontas para o resultado?

— Nem um pouco — respondo, conferindo mais uma vez o horário. Quinze minutos. — Onde o Yuri se meteu? — pergunto para Gisele, mas ela apenas dá de ombros.

Adiciono açúcar no chocolate quente e mexo enquanto observo a janela. Apesar de ser janeiro, a cidade sempre fica movimentada durante os dias úteis, enquanto nos finais de semana todos vão à praia e as ruas ficam desertas. Não vejo a hora de poder fazer o mesmo.

— Ainda bem que eu resolvi fazer a transição capilar no ensino médio — comenta Gisele, ajeitando os fios escuros e crespos enquanto se vê na câmera frontal. — Pelo menos vou poder começar a faculdade com um cabelo de arrasar.

Sorrio, concordando. Ela está linda. Tomou uma decisão corajosa logo no início do segundo ano depois de ver alguns vídeos da sua *youtuber* favorita sobre transição capilar. Desde então sofreu muito e passou por uma fase complicada de adaptação. Se a escola já é o pesadelo dos adolescentes, imagina quando você resolve não seguir os padrões e escolher o que realmente importa para a sua imagem, com apenas dezesseis anos?

Na formatura, eu pude ver a minha amiga radiante, desfilando com todo orgulho e exibindo um cabelo volumoso e maravilhoso. Vi várias bocas abertas e olhares de surpresa, alguns encantados e outros intrigados.

Ela brilhou mais que todo mundo e, desde que saiu do colégio, é outra pessoa.

Gisele com certeza é uma das minhas maiores inspirações e foi a principal culpada por eu ter cortado mais da metade do meu cabelo no final do ano letivo. Minha mãe quis me matar quando viu o que, para ela, era um estrago sem precedentes. Na mesma hora pegou o telefone para ligar para Jonas, seu cabeleireiro há dez anos.

— Um horror! — choramingou no telefone. — Um desastre completo! Precisamos dar um jeito nisso antes da formatura! Talvez um alongamento pudesse disfarçar, mas tenho medo de que fique artificial demais!

Sério. Ela passou mais de quinze minutos discutindo o futuro do meu cabelo como se eu fosse uma boneca Barbie que ela havia acabado de cortar os fios sem querer. Só consegui fazer com que parasse de encher quando ameacei descolorir o cabelo no dia da formatura e pintar de verde. Ela ficou tão horrorizada com a possibilidade que preferiu acreditar na ameaça e me deixou em paz, sugerindo apenas que eu acertasse as pontas mais compridas do lado direito.

Passo as mãos pelas pontas do cabelo, que está na altura dos ombros e que, conforme o movimento, deixa um pedaço da minha nuca à mostra. Gosto de colocá-lo quase completamente para o lado em um topete meio estranho, porém estiloso. Estou à espera do inverno para conseguir combinar o visual com um batom marrom, quase impossível de usar agora.

— Desculpe o atraso — diz Yuri ao se jogar no sofá ao meu lado. Ele respira com dificuldade e tenta se abanar o mais freneticamente possível. — O ar-condicionado tá ligado? — A pergunta para Lia era também um código para pedir o frappuccino de sempre.

A garota apenas confirma, as bochechas ficando levemente coradas, e começa a preparar o pedido.

Gisele e eu nos entreolhamos e a mensagem foi transmitida com sucesso. Lia está completamente apaixonada por Yuri e nós já havíamos notado faz um tempo, porém ele insiste em dizer que não faz sentido. Nosso amigo não faz o tipo pegador, mas, sim, o tipo indiferente. Apesar de sermos suas melhores amigas, podemos contar nos dedos de uma única mão quando ele falou sobre alguém em que estivesse interessado. Na verdade, ele sempre tenta fugir do assunto.

Quando percebe que estamos confabulando, Yuri logo levanta um dedo e dispara:

— Nada disso hoje!

Apoio o cotovelo esquerdo no encosto do sofá e sustento a cabeça com as mãos.

— Você deveria dar uma chance pra ela — digo, com um sorriso, e bagunço o cabelo dele.

Yuri se esquiva, suspira e nega lentamente com a cabeça, encarando a mesa à frente sem sorrir. Na verdade, parece até um pouco chateado.

— Cinco minutos — avisa Gisele.

— Espero que o sistema não caia — comento e bebo um pouquinho do meu chocolate quente; ainda quente demais, e queimo os lábios. Então volto a deixá-lo em cima da mesa, fazendo uma careta.

— Eiiii... — ela me repreende. — Nada de pensamento negativo. Já estou nervosa o suficiente!

Eu já havia notado, porque o mocha ainda está intocado sobre a mesa. Gisele fica atualizando o site a cada segundo, como se realmente fossem liberar o resultado antes da hora e não o contrário.

— Eu já passei na daqui, então tô de boa — admite Yuri.

Ele havia prestado vestibular para a universidade da cidade e também aproveitou para se candidatar para outras não tão longe de Tubarão. Yuri dificilmente se afastaria da mãe, por isso não se importava muito com o resultado de hoje.

— Você tá de boa — repete Gisele com um olhar fulminante. — Eu não tô de boa.

— Dá pra notar — desafia ele, com um leve sorriso nos lábios.

Ele sabe que não dá para ir além dessa brincadeira. Yuri é o único que tenta equilibrar os ânimos no nosso pequeno grupo. Enquanto Gisele e eu somos um poço de impulsividade e intensidade, Yuri é a calmaria que alivia os nossos sentimentos.

— Eu realmente preciso passar na federal — diz Gisele. — Eu não tenho plano B pra minha vida se isso não acontecer — lamenta e esconde o rosto com as mãos.

Ela não vai chorar em público, mas provavelmente não quer que ninguém veja um traço de fraqueza.

— Vai dar tudo certo, amiga — tento confortá-la, apertando de leve seu braço.

— Dois minutos — avisa Lia de trás do balcão e isso nos pega de surpresa. Ela aponta para o relógio que fica logo acima da porta de entrada e olha diretamente para Yuri.

Meu amigo finge que não percebe o olhar e pega o celular rapidamente. Eu engulo em seco.

— Aconteça o que acontecer daqui a dois minutos, nós vamos sempre ter uns aos outros, ok? — digo enquanto pego as mãos de Gisele e Yuri e aperto forte. Um pouco dramática, eu sei.

— Nossa, quem vê assim até pensa que vamos morrer. — Yuri deixa escapar.

Arregalo os olhos, encarando Gisele e achando que ela vai rebater e começar uma briga, porém ela está com uma feição estranha. Seu rosto está pálido, e o olhar, perdido.

Antes que eu pergunte se está tudo bem, ela se solta rapidamente da minha mão e tampa a boca enquanto sai em disparada em direção ao banheiro nos fundos da cafeteria. Como o lugar é pequeno, não precisa dar mais de quatro passos. Infelizmente escutamos tudo.

— Que romântico — cantarola Yuri enquanto eu faço cara de nojo, me sentindo enjoada também. — Sempre imaginei que saber o resultado de um vestibular seria exatamente assim, e você?

Deixo meus ombros caírem, desanimada. Neste momento, o relógio da cafeteria faz um som mais forte e meus olhos automaticamente são desviados para ele. Quatro horas em ponto.

Encaro meu celular em cima da mesa, que também confirma a chegada do horário tão temido.

— Será que a gente espera pela Gisele? — pergunta Yuri baixinho, dessa vez, sem coragem de pronunciar alto o bastante para ela escutar.

Eu dou de ombros sem saber o que fazer.

— Miga, são quatro horas — aviso.

Escuto apenas um leve gemido vindo do banheiro. Respiro fundo, me preparando para o que está por vir a partir daquele momento. Havíamos combinado de ver o resultado ao mesmo tempo. Mas Gisele entenderia. Certo?

— Vocês já entraram no site? — ela pergunta ainda no banheiro.

Sinto todos os olhares das pessoas que estão na cafeteria desviando para a nossa mesa. Fecho os olhos e tento segurar um pouco da vergonha. Tudo bem. O que a gente não faz por amizade? Pego o meu celular, e Yuri, o dele. Noto que o de Gisele não está em cima da mesa, então ela o havia levado para o banheiro. Agora entendo por que ela perguntou.

— Sim — respondo e digito o endereço.

É incrível, mas o sistema não está fora do ar.

— Então, vamos lá — incentiva Gisele com a voz abafada pela porta do banheiro.

Faço o login e a página leva alguns segundos para carregar, segundos que parecem uma eternidade. Fecho os olhos mais uma vez. Não estou preparada para encontrar a resposta. Não entendo por que estou torcendo para que meu sonho não se realize. Por que estou tão insegura de seguir o que quero? Eu optei por ser feliz e isto deveria bastar.

— E aí, vai pra Direito?

Levo um susto quando escuto a voz de Gisele do meu lado.

Passei tanto tempo pensando na vida que não percebi quando ela voltou para a mesa?

Está levemente pálida, mas não parece que vai vomitar. Sua expressão está mais feliz, então acredito que o seu resultado não foi ruim. Respiro fundo e encaro o meu celular.

Meu coração acelera.

— Não — respondo.

Gisele deixa o corpo cair na cadeira à minha frente, em choque. Olho para Yuri e ele também me encara sem entender, esperando mais explicações.

— Eu passei. Cinema — explico com um nó na garganta. — E acho que vou ser expulsa de casa.

Depois de explicar para os meus amigos o que eu havia feito, eles demoram um tempo para realmente acreditar.

— Sinceramente, não achei que você teria coragem — admite Gisele enquanto brinca com a borda da xícara.

— Nem eu! — rebato.

Apoio a cabeça nas mãos tentando colocar em ordem os meus pensamentos. Como eu contaria para os meus pais? Neste exato momento, o celular começa a vibrar e várias notificações aparecem na tela. É minha mãe me cobrando respostas.

Eu havia passado? Por que não enviei nenhuma mensagem? Ela cria os filhos para não darem sinal de vida no dia mais importante de suas vidas?

E todas essas chantagens emocionais que as mães adoram fazer.

Coloco o celular em modo avião e o deixo de lado.

— Bom, pelo menos a gente vai terminar o dia mais ou menos como esperava — comenta Yuri. — Todo mundo dentro.

Ele tem razão. Gisele passou em Economia, Yuri, em Odontologia, e eu, Cinema. Depois de um ano nos matando de estudar, a recompensa estava ali.

— E todos em cidades diferentes — lembra Gisele.

Relembrar que em algumas semanas Gisele e eu sairíamos de Tubarão aperta o meu coração. Por mais que eu reclamasse dessa cidade, foi aqui que todos nós crescemos e construímos nossas memórias. Boas e ruins. E o fato de cada um continuar sua vida em um lugar totalmente diferente deixa as coisas ainda piores. Um sentimento de insegurança me invade e meus olhos se enchem de lágrimas.

— Lá vai a choronaaaaaaa — brinca Gisele, e passa o braço pelo meu pescoço, apertando o abraço. Yuri se aproxima também, mas mantém certa distância.

— Eu não vou abraçar ninguém nesse calor.

Faço um beicinho e deito a cabeça no ombro dele.

— Eu vou sentir muita saudade — resmungo entre uma fungada e outra.

— Gente, nada de tristeza! Ainda temos algumas semanas desse verão pra aproveitar — relembra minha amiga. — A Barbara tá superempolgada pra nos receber na Praia do Rosa!

— Eu nem tô mais animada — assumo.

— Como é? — pergunta Gisele com os olhos arregalados. — A gente tá planejando isso há muito tempo pra você vir com esse pessimismo logo na véspera das férias.

— Verdade — concorda Yuri e toma um gole do frappuccino, fazendo barulho com o canudo.

Rolo os olhos e respiro fundo.

— Você sabe que aquele lugar não me traz boas lembranças.

Na verdade, traz PÉSSIMAS lembranças. As piores. Incluindo a que fecha com chave de ouro o meu descrédito em relacionamentos.

— Mas é exatamente por isso que você precisa ir — diz Gisele. — Para criar lembranças maravilhosas. Não é, Yuri?

Ele levanta as sobrancelhas e se mexe desconfortavelmente na cadeira. Yuri não gosta de comentar esse assunto porque Murilo, o cara mais babaca do mundo por quem um dia eu tive coragem de estar apaixonada, é seu primo. Ele apenas balança a cabeça sem dizer uma palavra.

— Viu só? — diz Gisele com firmeza, como se a resposta de Yuri fosse o que eu precisava para concordar.

Sinceramente? Não tenho certeza se criar lembranças novas é a melhor opção para esquecer uma das minhas grandes decepções amorosas. Mas o que eu poderia fazer? São as últimas semanas que terei para aproveitar com eles antes que tudo mude.

— Seja o que tiver que ser — digo.

— Não. — Gisele pega a mão de Yuri e a minha.

— Seja o que a gente quiser que seja.

Ela tem razão.

2

COMO deixei o celular em modo avião até chegar em casa, não lembrei que minha mãe poderia me atacar à procura de uma resposta logo quando ultrapasso a porta.

— O que você pensa da vida, Ana Luísa?

Ajeito a bolsa nos ombros e respiro fundo, mas não digo nada.

— Passei a tarde toda telefonando e mandando mensagem e você me ignorou!

A veia em sua têmpora, que sempre fica proeminente quando ela fica nervosa, está latejando. Fico em modo de alerta, pois logo ela vai mudar para o modo condescendente. Dona Martha não suporta perder a compostura.

— Quer me matar do coração?

Abro a boca para responder, mas ela me interrompe.

— Isso quer dizer que você não passou? — Sua expressão muda de nervosismo para desespero. — Não diz que fez isso com essa família, Ana Luísa...

— Mãe...

— É isso, não é?

Ela coloca a mão no peito e respira fundo.

— Não, eu...

— Já sei — me interrompe mais uma vez. — Nós vamos dizer para os nossos amigos que você desistiu de fazer faculdade no Brasil e pretende estudar no exterior!

Um vislumbre de esperança passa por seus olhos. De repente, o fato de eu "não ter entrado na universidade" poderia sair melhor do que a encomenda. Se gabar de ter uma filha fazendo faculdade em outro país impressionaria muito mais todos aqueles metidos.

— Harvard? Stanford? — Pega o celular e começa a digitar freneticamente.

— Mãe... — tento mais uma vez chamar sua atenção.

— Quem sabe alguma na Inglaterra?

Ela nem olha para mim.

— Mãe! — grito.

Seu olhar vai de surpresa para irritação. Ela detesta que o tom de voz ultrapasse o volume aceitável. *Você não precisa falar alto para ser ouvida*, sempre diz. Mas é porque ela nunca experimentou ter uma conversa consigo mesma.

— Eu passei — aviso, antes que ela possa me dar qualquer outro sermão.

Fico surpresa quando não vejo o alívio em seu rosto, mas... decepção? Nem quando faço o que ela espera deixo de trazer desgosto. Não sei por que ainda espero por alguma coisa diferente. Não sei por que ainda me preocupo com o que os meus pais vão pensar. Nunca serei a filha que eles querem.

— Bom... — começa, em seu tom de voz controlado. — Então tudo continuará como o planejado.

Lembro que tem algo que ainda não contei. A parte mais importante.

— Mas antes eu preciso falar uma coisa...

Ela olha sobre meus ombros quando a porta atrás de mim se abre antes que eu consiga concluir, e meu irmão entra; automaticamente me sinto completamente inútil e descartável. O semblante da minha mãe muda e ela fica... feliz. Um sorriso se abre em seu rosto e ela caminha rapidamente, passando por mim, para abraçar André Luís. Sim, somos gêmeos com nomes combinando. Será que poderia ser mais brega?

— Estou tão contente!

Eu engulo mais uma vez a pontinha de ciúme que sinto cada vez que vejo a atenção exagerada, a certeza de que ele é o filho exemplo, o orgulho da família, e que nunca chegarei aos seus pés.

André sorri para mim, mas isso me dá calafrios. Ele está ficando igualzinho ao nosso pai. Sei que somos praticamente iguais em aparência, gêmeos, sabe como é... Os olhos castanhos levemente puxados, como se fôssemos felinos. Maxilares nem um pouco arredondados, o que causa um certo impacto e que também contribui para que nunca sejamos confundidos com pessoas fofas. Para falar a verdade, sempre somos descritos como desconfiados e sérios. E, bem, eu sou mesmo.

Mas as semelhanças acabam por aí, pois somos completamente opostos em caráter e personalidade.

— Passou, maninha?

Apenas confirmo com a cabeça, e ele faz o mesmo em resposta. Não tenho certeza se está feliz por mim e não tento descobrir.

Estou exausta.

— Temos que correr — avisa minha mãe. — O jantar está marcado para as oito horas e daqui a pouco os convidados devem começar a chegar. Acho melhor começarem a se arrumar.

Ela olha para mim, e seus olhos ficam frios.

— Comprei um vestido para você usar, está lá em cima.

Ótimo. Eu me seguro ao máximo para não revirar os olhos, então apenas dou um sorriso em resposta, sem entusiasmo.

A noite vai ser longa.

Quando entro no quarto, dou de cara com o vestido pendurado em um cabide na porta do guarda-roupa. Me aproximo e acaricio levemente o tecido. Ele é longo, em um tom nude com pequenos brilhos que se destacam conforme o movimento e a luz.

É lindo.

Mas para um casamento, não para um jantar formal em casa.

Suspiro e solto o vestido. Quando deito de costas na minha cama, ainda consigo ver as estrelas que foram desenhadas no teto do quarto. Desligo a luz e fico observando os pontos de luz lá no alto. Tenho saudades de quando era criança. Pelo menos vivia a ilusão de que a vida era perfeita e meu coração não havia sido partido em mil pedaços.

A vontade de chorar me invade novamente, mas faço o possível para não derramar nenhuma lágrima. Há dois anos prometi que não choraria por quem não merece. Eu tenho poder de decidir quem me atinge ou não. Infelizmente, ainda não consegui me manter neutra quando o assunto é a minha mãe.

Ela é minha mãe, afinal.

Ainda tenho esperanças de que ela perceba que pode ser feliz. Que não precisa viver em um teatro e sustentar um casamento que pode desabar a qualquer momento. Ela é tão bonita. Lembro quando a nossa vida parecia ser mais feliz e quando ela também era alegre e encantadora.

Não sei exatamente como chegou ao estado atual, mas sei quando tudo começou a mudar. Sei porque fui eu que dei a notícia. Talvez seja por isso que ela me mantém afastada, sem aquela proximidade de mãe e filha melhores amigas. Provavelmente ela me culpa, mas a culpa não é minha se aos quinze anos flagrei meu pai aos beijos com a secretária.

Eu precisava da assinatura dele para autorizar a viagem de aniversário e até estranhei quando não vi ninguém na mesa que ficava na antessala do escritório. Resolvi entrar mesmo assim, afinal, era meu pai. O máximo que aconteceria era uma bronca, mas nem havia pensado nisso, estava muito empolgada com a viagem. Conhecer Los Angeles era o meu sonho de criança.

Ainda me lembro de todos os detalhes que vi quando abri a porta. A mulher seminua entre os vários objetos sobre a mesa e a calça dele abaixada até os joelhos. Ele demorou algum tempo para notar minha presença, então vi mais do que deveria. Estava paralisada, mesmo envergonhada não conseguia me mexer. Era nojento.

Seu corpo pressionava a mulher em movimentos ritmados e a respiração era ofegante. Ela notou minha presença antes do meu pai, me olhou sobre os ombros dele e sorriu para mim. Como se já esperasse por isso e tivesse ficado feliz porque tudo estava saindo como o planejado. Só depois fingiu surpresa e vergonha. Mas era tarde demais.

Quando meu pai olhou para trás e me viu, saí correndo. Desde aquele dia eu não consigo mais olhá-lo com respeito. Tudo que me vem à cabeça é nojo e repugnância. Tenho vontade de vomitar.

Foi só o primeiro dos motivos para minha longa lista de por que não acredito mais em relacionamentos. Essa foi a primeira vez em que meu coração foi quebrado. Contei para minha mãe e, na mesma hora, tudo mudou.

— Você tem que me prometer que não vai falar isso para ninguém. — Foi a primeira coisa que ela me disse assim que terminei o relato. — Você ouviu, Ana Luísa?

Concordei lentamente com a cabeça. Minhas têmporas latejavam de tanto chorar.

Para minha surpresa, ela não chorou. Foi a primeira vez que percebi que minha mãe mentia para mim. Ali estava a primeira máscara das diversas que ela precisava usar para manter a vida perfeita.

Ela não se separou do meu pai como achei que fosse acontecer. Não fiquei sabendo nem mesmo de briga. Divórcio era um dos assuntos mais comuns no meu colégio. Praticamente metade dos meus colegas de turma tinha pais separados. Então eu sabia mais ou menos como funcionava.

Mas isso não aconteceu, continuam juntos até hoje. Tenho certeza que meu pai ainda trai minha mãe. Mas ela finge que nada está acontecendo. Provavelmente aquela nem havia sido a primeira vez.

Desde então, comecei a notar todas as manchas dessa família, todos os desgastes e buracos remendados. A falsidade necessária para fingir que éramos felizes, que nosso lar era perfeito. O discurso do privilegiado que não quer que mais ninguém tenha a oportunidade de ser bem-sucedido, para não dividir o espaço. Pura mesquinharia a troco de nada. Por isso, prometi a mim mesma que não deixaria a minha vida chegar a esse ponto.

Não foi dessa vez que prometi que não deixaria nenhum homem quebrar meu coração novamente. Isso só aconteceu um ano depois. E o culpado foi o primeiro cara que vi assim que desci a escada para o jantar de comemoração.

Murilo, o babaca mais gostoso que eu já tive o desprazer de conhecer, está em pé na minha sala de estar e isso não é um *flashback*.

É o passado voltando para me assombrar.

Dar de cara com o garoto que arruinou a minha vida há dois anos não era o que eu esperava quando comecei a descer a escada. A visão me fez ficar levemente tonta e quase tropeçar no degrau à frente. Estendo as mãos rapidamente para o corrimão e o seguro com força, antes de dar o próximo passo. *Se controla, sua idiota. Você não pode deixar esse cara mexer com você de novo.*

Quem ele pensa que é para estar na minha casa?

Murilo continua com o mesmo sorriso malandro. E a mesma covinha do lado esquerdo insiste em aparecer para me desestabilizar. O olhar continua tão intenso quanto antes. Ele está praticamente igual a quando eu o vi pela primeira vez numa festa de ano-novo em uma pousada na Praia do Rosa, com exceção do cabelo, que agora está bem curto, o que o deixa com um ar mais sério. Diferente do cabelo sem corte que tinha as pontas descoloridas pelos dias debaixo de sol enquanto surfava.

Eu amava vê-lo surfar.

Sinto o meu coração disparar ao lembrar dele na areia, encarando o mar.

Pelo amor de Deus, Ana Luísa. Para de ser estúpida! Tanto tempo sendo durona com os caras e foi só esse imbecil voltar que tudo vai desmoronar?

Engulo em seco e tento me acalmar. Voltar à sanidade. Por um minuto, lembro do autocontrole da minha mãe e me pergunto se foi assim que ela começou a treinar a mascarar tudo. Uma decepção na adolescência.

Murilo nota a minha presença quando desço as escadas, mas tento não olhar em sua direção. Procuro na pequena multidão que se formou na sala alguém que eu possa dedicar a minha atenção e fingir que não sei que ele está, neste momento, me observando com as mãos cruzadas nas costas. Quem ele pensa que é? Um daqueles príncipes de baile de debutantes? Me poupe!

Eu deveria ter prestado mais atenção, porque pela visão periférica não notei que ele se aproximou da base da escada. E, quando chego ao último degrau, depois de uma descida tão lenta que foi digna daquele tal baile, ele está a minha espera.

— Que surpresa — diz com sarcasmo.

Deixo minha testa franzir e fico em silêncio por alguns segundos, como se tivesse tentando reconhecê-lo. Vê-lo de tão perto dói tanto que um buraco se abriu em meu peito. Que saudade. Que raiva. Eu odeio esse idiota. Eu amei esse idiota.

— Te conheço? — pergunto com falsa inocência inclinando a cabeça para o lado, porém sem conseguir evitar um olhar cortante antes de deixá-lo sozinho.

Contenho-me para não sair correndo em direção ao banheiro. Em vez disso, caminho calmamente até o escritório da casa, que nunca é usado. Antes de fechar completamente a porta, consigo captar seu olhar fixo em mim. Tenho certeza que está analisando todos os movimentos que fiz depois de não ter caído em seu jogo. É assim que cafajestes administram suas presas. Quando algo dá errado, logo realinham o plano. Permanecem em combate. Porque no jogo deles são os últimos a fazerem uma jogada.

Murilo só não contava que nesses últimos dois anos eu havia virado especialista. Havia me formado na função que ele desempenhava tão bem.

Todo mundo o conhecia. Mesmo sendo apenas um cara do segundo ano, Murilo era aquele garoto que estava envolvido em todas as atividades, do time de futebol ao grupo de teatro sobre o livro do vestibular, cumprimentava o melhor amigo e a tia da cantina. Todos o achavam o máximo. Sem exceção. E eu era uma dessas pessoas.

Murilo namorava uma garota da sua turma, e eles formavam um casal perfeito, daqueles que a gente pensa que vai ficar junto para sempre. Isso significava que ele era o tipo de cara que eu tinha certeza que não seria pra mim, mas a quem eu poderia admirar e viver um amor platônico enquanto babava.

Tudo mudou onze meses depois que o vi pela primeira vez no colégio, na apresentação do grêmio estudantil. Era o primeiro Ano-Novo que eu não precisava passar com a minha família. Na noite da virada, eu estava em uma festa legal na Praia do Rosa, com meus amigos. Ele estava na mesma festa e sorriu assim que viu Yuri chegar acompanhado de duas garotas. Não sorriu para mim, é claro. Não nesse primeiro momento. Mas quando sorriu para Yuri, foi como se os dois fossem melhores amigos. Ou neste caso...

— Primo! — cumprimentou quando se aproximou da gente. Eu quis me esconder imediatamente! Tenho

certeza que os meus olhos estavam quase pulando para fora, de tão apavorada que eu fiquei diante da situação. Era ele. Ali. Próximo o bastante para conversar com a gente. Conversando com a gente. OK, não com a gente, exatamente, mas estávamos em grupo, certo? A conversa era com a gente. E desde quando ele era primo do Yuri? Por que o meu amigo nunca me contou isso? — Cara, não sabia que você viria! Quanto tempo faz que a gente não sai junto?

— A gente nunca... — começou Yuri, enquanto Murilo passava um braço por cima do ombro dele.

— Tava com saudade! — continuou ele, sorrindo.

Murilo tinha um sorriso tão lindo! Eu estava completamente hipnotizada. Foi quando ele olhou para mim e, depois, para Gisele.

— Tá bem acompanhado, hein? — disse, olhando para Yuri e apertando seus ombros. Meu amigo simplesmente deu uma risada nervosa e, naquele momento, tive certeza de que ele também queria se esconder. Estava completamente desconfortável com a atenção repentina.

— São minhas amigas...

— Ah. — Murilo olhou fixamente para mim, e pude sentir minhas bochechas começarem a esquentar. — É?

— Ana Luísa. E Gisele. — Yuri apontou meio sem jeito para mim e para minha amiga. Ouvi Gisele bufando e supus que ela estivesse revirando os olhos naquele exato momento. Ela nunca foi muito fã de

Murilo e certamente não estava nem um pouco impressionada com a atenção dele.

Murilo sorriu mais uma vez e assentiu, como se concordasse com alguma coisa.

— Vem cá. Vou apresentar vocês para os meus amigos.

Ele nos levou em direção a outros três garotos que eu já conhecia do colégio, mas que fiz questão de não demonstrar. Dois deles eram do terceiro ano e um não era do nosso colégio, e isso finalmente deixou Gisele interessada naquela estranha interação social.

— Será que ele tá solteiro? — perguntei baixinho para Gisele. Ela deixou escapar um suspiro de decepção.

— Tá. Há um mês.

— Como assim? Você sabia?

Ela assentiu.

— Tentei preservar você de ficar louca e obcecada por isso. Mas parece que hoje não vou poder evitar...

— Não sei por que você...

— Ele costumava andar com o Henrique antes de namorar aquela garota, já te disse. Conheço o tipo...

Henrique de novo. O ex-ficante da minha amiga e por quem ela foi mais apaixonada na vida, mas que não queria um relacionamento sério. Já estava cansada de escutar a história.

— Isso faz tanto tempo — reclamei, cruzando os braços. — As pessoas mudam.

Gisele cruzou os braços também e me olhou, balançando a cabeça.

— Você vai ter que ver pra crer, não é mesmo?

— Talvez eu nunca precise ver — respondi.

— Ele tá aqui. — É a primeira coisa que digo quando Gisele atende meu telefonema.

— Quem?

— O babaca.

— Querida, posso fazer uma lista de babacas.

— O Murilo, é claro.

Silêncio.

— É, eu também tive a mesma reação — digo, quando ela não fala nada.

— Você também viu uma barata no seu quarto? Tô tentando fazer silêncio pra ela não fugir — ela responde, baixinho.

— O quê? Não! Eu quis dizer que fiquei paralisada.

— Analu, se uma barata não me deixa paralisada, não vai ser esse otário que vai fazer isso. Ei, espera aí. Já volto.

Eu me sento na poltrona que fica próxima das imensas estantes de livros que vão do chão ao teto e escuto um estrondo e xingamentos vindo do outro lado da linha.

— Droga, ela fugiu — diz Gisele, decepcionada.

— E aí, o que aconteceu?

Conto para ela da cena de filme que protagonizei ao pé da escada e como me escondi no escritório logo em seguida.

— Ok, a resposta foi boa, se esconder no escritório nem tanto.

— Eu não sabia o que fazer.

Brinco com as pedrinhas do vestido. Estou me sentindo ainda mais idiota por estar vestindo isso. Ou talvez devesse me sentir agradecida, porque estou incrível e nada poderia ser pior do que encontrá-lo depois de dois anos toda malvestida e descabelada. *Valeu, mãe!*

— Você tem que fazer o que sabe de melhor quando o assunto é garotos — encoraja minha melhor amiga.

— Lembre-se que você se virou muito bem até hoje. Se tem uma coisa que ele fez bem foi te preparar pra tudo que viria em seguida. Não é mais a menininha apaixonada que ele conheceu sob a luz do luar em uma festa de ano-novo — diz, cantarolando a última parte como se estivesse em um musical. — Nossa, que brega.

— Você é horrível. — Dou risada.

— Você que é — rebate ela, também rindo. — Faça que nem o Harry Potter faz com o bicho-papão e imagine ele totalmente ridículo. Deve funcionar.

— Tá dizendo que ele é meu bicho-papão?

— Hummmmmmm, papão ele deve ser mesmo...

Tapo a boca para que a risada não seja ouvida do lado de fora. Uma música está tocando do outro lado da porta, mas não é alta o bastante para abafar a conversa. Sinto meu rosto corar com o comentário da Gisele e agradeço por estar sozinha no escritório. Não posso negar que os momentos com ele foram bem... interessantes.

As vozes começam a ficar mais altas que a música.

— Preciso ir — aviso.

— Amiga — diz Gisele num tom mais sério —, não faça nada que eu não faria.

— Acho que eu devo me preocupar então...

— Idiota.

— Te amo.

— Eu também.

Desligo o telefone e respiro fundo.

Está na hora de mostrar quem é a Analu de verdade.

3

QUANDO volto para a sala principal, não encontro Murilo. Não tenho certeza se me sinto aliviada ou apreensiva, já que ele pode me pegar de surpresa a qualquer momento.

— Que bom que você usou o vestido que eu comprei. — Minha mãe me surpreende ao passar um braço pela minha cintura. — Você está linda.

Dou um sorriso sem graça. Posso até ser meio revoltada, mas sempre que tenho esses momentos mais carinhosos com ela, me lembro do quanto éramos próximas e que já tivemos uma relação de verdade.

— Mas poderia ter prendido o cabelo em um coque para ficar mais comportado — completa, e meu sorriso some.

Meu cabelo não nasceu tão liso e alinhado quanto o dela, portanto sua fixação para transformá-lo em algo parecido com o seu é, no mínimo, irritante. É por isso que tomo coragem para contar a verdade de uma vez.

— Posso falar com você um minuto?

Seus olhos estão estudando todos os convidados. Ela sempre busca ficar atenta a qualquer coisa que aconteça sob o seu teto quando é a anfitriã. É uma pena que eu não possa dizer o mesmo sobre todos os outros aspectos da nossa vida.

— Claro, querida. — Ela me dá um sorriso rápido. — Mas pode me dar um minuto? — Coloca uma das mãos sobre o meu ombro direito e se aproxima para falar algo baixinho. — Primeiro, preciso afastar a Rosana das taças de Martini. Ela está completamente fora de si desde que a Manuela saiu de casa e é muito cedo para acontecer um vexame.

É claro. Eu posso esperar. É sempre assim, certo?

Ela se afasta de mim e sinto que o ar em volta fica cada vez mais pesado. Eu deveria ter aceitado a sugestão da minha mãe e convidado Gisele e Yuri para o jantar. Quis poupá-los, mas tenho quase certeza que aguentar festas chatas de família está no nosso contrato de amizade.

Aproveito que minha mãe se afastou e está distraída com a segurança do evento e me dirijo até a mesa de aperitivos. Ela não pode me censurar se não me vê comendo. Como se fosse uma zoeira cármica, assim que dou a primeira mordida no que parecia ser uma empada metida a besta, alguém me interrompe:

— Ana Luísa, parabéns pela aprovação em Direito!

Viro na direção da voz com os olhos arregalados e a boca cheia. Tenho certeza que não era o que o homem engravatado, provavelmente um colega do meu pai, esperava de mim, pois ele franze a testa e pigarreia antes de continuar:

— É uma das principais faculdades de Direito do país, tenho certeza que será ótima para sua carreira.

Fico sem reação, porque a empada esfarela na minha boca, vira uma maçaroca que gruda nos dentes e não consigo engolir. A saída é dar um sorriso de boca fechada e balançar a cabeça, agradecendo. Estou quase implorando para que algo aconteça e esse homem, que me parece conhecido, desvie sua atenção. Disfarço olhando para baixo, abro um pouco a boca em uma tentativa de desgrudar a massa da gengiva e percebo que mais dois pés se aproximam do homem. Ótimo, mais um.

Respiro fundo e, quando olho para cima, meus olhos quase pulam da cabeça, de tão expressiva que foi a minha revirada de olho. Dou de cara com Murilo de novo. Ele tem a mesma altura do senhor engravatado e, tirando a barriga levemente avantajada do mais velho, eles são extremamente parecidos.

— Filho, você já conhece a Ana Luísa?

Murilo dá mais uma vez seu sorriso de lado e mostra AQUELA COVINHA! Ah, que bosta de noite. Ele balança a cabeça e fala com toda a naturalidade do mundo.

— Ah, sim... Estudamos no mesmo colégio, não é?

Ele espera que eu RESPONDAAA!!!

Mas tenho certeza que ainda estou com os dentes sujos, então tapo a boca antes de falar:

— Sabe que não me lembro? Será?

RÁ! Noto, me sentindo vitoriosa, que sua têmpora começou a latejar, mas ele não para de sorrir. Deve estar planejando alguma forma de responder à altura.

— Tenho certeza que se lembra.

Ele responde tão sério e com um olhar tão expressivo, que quase caio mortinha no chão. Essa frase tem tantos significados que fico sem ar, mas logo me prendo ao mais odioso de todos. Traição.

— Na verdade, faço questão de esquecer quem me faz mal.

Respondo sem ironia, sem gracinha, sem sorrisinhos. Não estou nem aí para o que o pai dele vai pensar. Não estou nem aí para o que as outras pessoas vão pensar. Saio andando sem me despedir do pai do Murilo, passo por outros convidados que tentam me parabenizar. Rá, rá. Mal sabem que deveriam parabenizar apenas o queridinho do meu irmão gêmeo. Porque sou uma farsa. Um erro nesta família. Eu nem deveria estar aqui.

Lágrimas começam a se formar nos meus olhos, mas faço um esforço para que não caiam. Sem chorar por cafajestes. Sem chorar por babacas. *Você é mais que isso, Analu.*

— Ei, tem muitas pessoas aqui pra conversar com a gente — diz meu irmão quando me pega pelo braço, me fazendo parar abruptamente antes de entrar pela porta da cozinha.

É claro. O filho perfeito tem que ser perfeito.

— Errado — respondo. — Pra conversar com *você*. Vai lá babar ovo de todo mundo, seu interesseiro de merda.

Puxo meu braço e saio rapidamente. Passo pela cozinha que está cheia de comida e bebida, com várias pessoas contratadas agindo rapidamente para abastecer o apetite e a sede dos mentirosos na sala. Vou até a porta dos fundos e respiro fundo assim que saio de casa.

O ar úmido se prende a minha pele fria — culpa do ar-condicionado.

Até mesmo a respiração deles é falsa. Dou uma risada com o pensamento sarcástico.

Não aguento mais, não fui feita para essa realidade.

Mais do que nunca sei que tomei a decisão certa em escolher a minha felicidade. O difícil é informar a todo mundo que não sou e nunca serei o que eles desejam. Tenho que ser dona da minha própria vida.

Fico sentada na escada do deque da piscina por um bom tempo. Como estou escondida pelos arbustos, a pessoa que caminha até ali pela entrada lateral não me vê. Dou uma espiada pelos galhos e vejo que é meu pai. Não troco uma palavra com ele há uns três dias. E isso não tem nada a ver com o que aconteceu anos atrás. Desde que tudo mudou, me sinto obrigada a manter um diálogo com ele, já que ainda moro na sua casa. O motivo maior é que não o vejo desde a última segunda-feira. Ele não para mais em casa e diz que tem muito trabalho. Minha mãe aceita suas desculpas esfarrapadas, mas tenho minhas dúvidas.

Nem ao menos comemoramos o último Natal. A única reunião do ano que me importa passou em branco por causa do meu pai. Ele disse que precisava viajar a negócios, mas não deu muitas explicações. Minha mãe apenas assentiu e, depois, decidiu que este ano não iríamos comparecer à tradicional ceia da minha avó materna. Ela disse que não se sentiria bem comemorando sem meu pai, mas tenho certeza que ir sozinha a um jantar de família foi o motivo para ficar em casa. Não me importei com a explicação que deu à minha avó e não fiz questão de participar do jantar improvisado que aconteceu em casa. Se não fosse pelo ano-novo, eu acharia até hoje que estávamos presos no ano passado.

Reparo que meu pai está falando com alguém no telefone e não está usando seu tom de voz sério, articulado e persuasivo, então logo desconfio que não tem nada a ver com trabalho. Para falar a verdade, está me lembrando muito o tom de voz que usava quando eu era criança. Algo perto de afetuoso. Um sentimento que há algum tempo não associava a ele.

— ...eu sei, eu sei, mas você sabe que preciso ficar por aqui hoje — diz ele para a pessoa ao telefone. — Não vai durar muito tempo, sabe disso. Já está quase tudo encaminhado e esse jantar deveria ser uma comemoração para você.

Uma comemoração? Achei que o jantar tinha a ver com seus filhos, penso.

— Isso só prova que eles já estão quase encaminhados e vai ficar muito mais fácil depois disso — continua ele.

Dou um passo para mais perto dos arbustos, tentando escutar melhor e acabo tropeçando nos degraus da escada. Mordo o lábio inferior para não gritar pela dor latejante que sinto no tornozelo.

A atenção do meu pai é desviada para a minha direção. Seguro a respiração para não me entregar. A última coisa que preciso é que ele saiba que estou escutando suas conversas. Já temos diferenças demais para adicionar outro motivo para me odiar em sua lista.

A pessoa do outro lado da linha chama sua atenção e ele se certifica que ninguém esteja se aproximando pela lateral da casa, de onde ele veio.

— Amanhã, tá bom? — diz ele, sendo surpreendido por um garçom que sai pela porta da cozinha que eu havia passado.

O garçom me encara, confuso, e faço um sinal para que fique em silêncio, só então ele percebe a presença do meu pai; quase no mesmo instante, baixa a cabeça e volta pelo mesmo lugar que saiu.

— Preciso ir — meu pai avisa logo que o garçom vai embora e caminha novamente em direção à lateral da casa, voltando para recepcionar os convidados. Infelizmente, isso impede que eu escute o que ele diz antes de desligar.

Finalmente consigo respirar normalmente. Sento-me novamente no degrau superior e reflito sobre o que acabei de escutar. As mesmas pistas, os mesmos sintomas da doença que corrompe essa família. Meu pai tem outra pessoa. E, segundo ele, está quase na hora de sua responsabilidade com a gente acabar. Quem será dessa vez? Uma secretária nova? Alguma mulher que conheceu em uma viagem? Alguém que eu conheça? Não duvido.

Não sinto mais tristeza. Sinto raiva. Sinto nojo. Sinto que nunca mais vou poder gostar tanto de alguém para confiar completamente meu coração.

Parabéns, pai.

Não tenho certeza de quanto tempo fico aqui fora, sozinha. Mas foi tempo suficiente para minha mãe sentir minha falta, pois recebo uma mensagem dela perguntando onde eu tinha ido. Já estou atrasada para o brinde.

— Mãe, posso falar com você rapidinho? — pergunto assim que a encontro dando ordens para a equipe na cozinha.

— Por favor, andem devagar e distribuam as taças juntos. — Ela faz malabarismo com as mãos enquanto dá instruções para os três garçons. Um deles é o que me encontrou do lado de fora. Ele desvia o olhar assim que demonstro reconhecê-lo.

Observo a ponta de uma tatuagem no pulso escapar pela camisa e fico intrigada de como minha mãe deixou isso passar. Ela detesta tatuagens.

— Precisamos organizar esse movimento para que todos estejam com bebidas nas mãos antes de anunciarmos os brindes. — Ela continua dando ordens.

Quando minha mãe dispensa os rapazes, olha para mim.

— Muita falta de educação não socializar com os convidados — ela me repreende.

— Mãe... — começo, cansada.

Ela estende um dedo, interrompendo, fecha os olhos e respira fundo.

— Não vamos brigar, ok?

— Eu não quero brigar — digo. — Preciso contar uma coisa para você antes do brinde.

Ela abre os olhos rapidamente.

— Você está grávida?

Essa não é a primeira vez que ela me faz essa pergunta. Sempre que digo que tenho uma coisa para contar, acha que estou grávida. Foi assim quando comuniquei que minha primeira menstruação havia descido, que eu havia ganhado honras no colégio e... que havia encontrado meu pai transando com a secretária em seu escritório.

Não importa: seu primeiro pensamento é que estou grávida.

Tudo isso tem um motivo, é claro. Ela sempre disse que precisou reorganizar a vida quando soube que estava grávida. Largou o sonho da faculdade de Direito, foi obrigada pelo meu avô a se casar e, nunca admitiu, mas tenho certeza que só continua com meu pai por causa disso.

— Não! — nego sem paciência olhando para os lados e me perguntando se alguém havia escutado. Para falar a verdade, não estou muito à vontade de conversar aqui.

— Então o que não pode esperar essa noite acabar?

Não consigo dizer uma palavra. Agora que estou a sua frente, fico com medo. Eu, Analu, com medo. Será que medo é a palavra exata? Porque tenho certeza que essa foi a escolha certa, mas estou apreensiva com o que minha mãe vai pensar.

Dona Martha sempre foi meu ponto fraco. Era terrível decepcioná-la.

— Martha — chama meu pai logo que abre a porta da cozinha. Ele não percebe minha presença, está sério e levemente irritado, bem diferente de quando estava ao telefone. — Não é educado abandonar os convidados para — olha para mim — ficar de conversinha na cozinha.

— É claro, querido — responde ela com um sorriso ensaiado.

A palavra carinhosa me corta o coração.

— Só estávamos falando sobre o brinde. — Ela pega minha mão. — Mas tenho certeza que podemos continuar essa conversa depois, certo?

Seus olhos são expressivos. Ela espera que eu confirme. Faço isso, balançando a cabeça.

Meu pai apenas assente e fecha a porta sem dizer nada.

— Precisamos ir...

— Mas, mãe...

— Ana Luísa, por favor, hoje não. — Ela pressiona minha mão e a solta, então atravessa a porta e espera que eu faça o mesmo.

Respiro fundo encarando a porta por onde ela saiu. Desvio o olhar para uma movimentação à direita. É o garçom que tinha me visto lá fora. Ele escutou a conversa agora. Ele me olha, mas rapidamente volta a atenção para o trabalho de organizar as taças em cima da bandeja. Percebo que ele está demorando um pouco para fazer algo tão simples, e só então me dou conta que ele espera que eu vá embora antes de seguir para a sala também.

Ele engole em seco várias vezes e tenta controlar a respiração. Deve ser a primeira vez aqui. Se for observador o suficiente, já deve ter notado tudo que essa família tenta esconder. Se for esperto, nunca vai falar sobre isso.

— Quer uma?

Ele pega uma das taças e me oferece. Encaro por tempo demais a taça, porque ele a balança na minha frente para chamar atenção, o que faz com que a bebida quase derrame.

Concordo com a cabeça e pego a taça. Em um movimento rápido, bebo tudo. Estendo a taça para ele e com a outra mão aponto para outra na bandeja. Ele me estende a nova taça com os olhos arregalados. Surpreso com a virada que acabei de dar.

— Vou precisar de umas dez dessas para conseguir aguentar essa noite. — Sorrio e pisco para ele, que ainda me observa surpreso, mas com um vestígio de sorriso tímido surgindo nos lábios.

Logo em seguida deixo a cozinha. Ele não me segue. Vai precisar repor as duas taças. E eu vou precisar de mais algumas para conseguir aguentar o que vem a seguir. Meu pai já está ao pé da escada pronto para fazer um discurso, com meu irmão à sua esquerda e minha mãe à direita sustentando um olhar aflito. Quando ela me encontra, faz um gesto discreto para que eu me junte.

Viro mais uma vez o líquido da taça na boca e ele desce rasgando pela minha garganta. Deixo a taça vazia em cima de uma mesa lateral e caminho em direção a eles. Duas taças de champanhe já me deixaram mais leve e agora estou pronta para agir como uma peça desse jogo de xadrez. O que não imaginam é que posso virar o tabuleiro a qualquer momento.

— Minha família e eu gostaríamos de agradecer a presença de todos nesta maravilhosa comemoração. É um prazer recebê-los na minha casa para brindar o futuro dos meus filhos.

Mal sabe ele.

— Quando nos tornamos pais, a nossa principal preocupação é com a criação de nossas crianças.

Errado. Acho que a maior preocupação dele sempre foi saber qual seria a próxima vagina para ele correr atrás.

— Então, é uma felicidade anunciar que André Luís e Ana Luísa... — Meu pai passa os braços pelas nossas costas para nos juntarmos a ele e isso me dá calafrios. Ele nota o meu movimento e aperta o abraço. Minha mãe coloca uma mão em meu ombro e sorri. Isso são lágrimas em seus olhos? — Farão parte do corpo discente de uma das mais respeitadas universidades do país.

Ok, até aí nada de mentira.

— Meu querido filho, para quem espero entregar o comando da Genovez Empreendimentos no futuro, vai seguir meus passos e fará Engenharia Civil.

Muitas palmas. Imito o gesto sem muito entusiasmo.

— Já a minha boneca, Analu... — começa meu pai assim que as palmas se encerram, e me pega de surpresa ao mencionar meu apelido. Há quanto tempo não me chama assim? Fico com vontade de vomitar. — Seguirá a carreira dos sonhos da minha querida esposa, Martha.

Eles trocam olhares apaixonados.

Ah, que teatro.

Lá vamos nós...

— Humm, pai? — peço permissão para falar, dando um sorriso forçado.

Ele não gosta nada da interrupção, e isso fica claro pelo seu olhar cortante. Sinceramente? Não estou nem aí. Aquelas duas taças me fizeram bem.

Meu irmão também não está feliz. Provavelmente está com ciúmes da atenção.

— Oi, pessoal. — Meus olhos percorrem a sala, mas não me fixo em nenhum rosto. Não conheço metade daquela gente mesmo. — Gostaria de agradecer a presença de todos, mas queria corrigir uma pequena informação.

Faço um gesto unindo os dedos para demonstrar que o que vou dizer é realmente pouca coisa. Eu me empolgo no movimento e me desequilibro, ainda bem que o meu pai ainda está segurando minha cintura. Sua postura está tensa, ele detesta ser surpreendido.

— Na verdade, não vou fazer Direito.

Levanto as sobrancelhas simulando um choque, para logo em seguida fazer um beicinho. Estou ótima. Olho para minha mãe e ela está lívida, engole em seco e quase me interrompe, mas sou mais rápida.

— Desculpa, mãe — digo com sinceridade, e volto a olhar para o meu público.

Entre as dezenas de rostos, encontro o de Murilo. Ele está se divertindo com toda aquela cena e tenta segurar um sorriso, o pai está ao seu lado e parece confuso. Limpo a garganta e continuo:

— Na verdade, me inscrevi em Cinema. Meu sonho, sabem? Não sirvo para o tribunal engravatado. — Só então me dou conta que todos os homens estão de gravata. — Nada contra as gravatas, ok? — Bato palmas em uma tentativa de aliviar a tensão e sorrio. — É isso aí, valeu!

Termino com um aceno exagerado.

Não tenho certeza de como explicaram a mudança repentina do tema da comemoração, porque simplesmente saio andando em direção ao jardim e pego a primeira taça que vi na frente. Certamente o garçom já a tinha preparado para mim. Já somos quase melhores amigos.

A noite finalmente ficou ótima!

Mando uma mensagem para o grupo que tenho com Gisele e Yuri:

> **Analu**
> Contei para eles. Acho que
> exagerei no espetáculo,
> mas estou bem.
> 21:07

Assim que envio, alguém me pega pelo braço.

— O que você pensa que está fazendo? — pergunta meu irmão.

— Dá pra me soltar? — Puxo o braço, mas ele não afrouxa o aperto. — Você está me machucando!

Olho diretamente para o rosto de André, sua expressão é cortante. Dizem que somos iguaizinhos, mas não poderiam estar mais errados. Enquanto tento fazer alguma coisa por essa família e penso nas pessoas, ele só pensa em si mesmo. Ter um irmão gêmeo tão diferente é a única coisa que me faz questionar a astrologia.

— Você tem noção do que acabou de fazer?

Dou de ombros. Não me importo. Assim como ele não se importou quando contei o que havia visto no escritório do nosso pai, dizendo que *homens eram assim mesmo*.

— Você envergonhou o nosso pai na frente de vários clientes e colegas da diretoria.

Levanto as sobrancelhas. Bem-feito.

— E daí, puxa-saco?

Ele não fica nada feliz com o apelido, mas me solta e coloca as mãos na cintura.

— Você não entende, não é? Continua sendo essa garota mimada que acha que vai mudar o mundo.

Eu sou a garota mimada? Ele se olha no espelho?

Dou um passo em sua direção. Não temos uma grande diferença de altura, mas ele é uns cinco centímetros mais alto e, como não estou de salto, levanto a cabeça para encará-lo.

— Posso não mudar o mundo. Mas o que faço é para compensar o estrago que pessoas como você vão fazer.

Ele ri. Está debochando da minha cara. Que ódio!

— Você é hilária, Ana Luísa.

Ele parou de me chamar de Analu no ano passado. Quando finalmente rompemos a amizade que deveria existir entre irmãos. Nada mais de intimidade. Nada de confissões. Apenas convivência obrigatória. Tudo isso porque contei para Gabriela, sua namorada da época, que ele estava aprendendo muito bem com nosso pai como se comportar.

Eu e ela estávamos na mesma turma do curso de inglês e foi por minha causa que se conheceram. Eu me sentia responsável por esse relacionamento, e não poderia deixar que ele se transformasse em um Luiz Otávio 2.0 e fizesse a menina sofrer.

— Quando você perceber que esse personagem rebelde não vai dar em nada, vai voltar correndo para pedir arrego. — Ele pisca e ameaça voltar para dentro de casa, mas para e olha para mim. — Espero que a faculdade de Cinema não te faça virar uma comunista de merda. Vai ser a vergonha da família. Ainda bem que eu tô aqui pra *compensar o estrago que pessoas como você vão fazer.*

Lá vem ela, a vontade de chorar. Mas mais uma vez não permito que escorra uma lágrima por quem não merece. Essa história de comunista veio quando discutimos o quanto era injusto as universidades públicas serem repletas de alunos que vieram de colégios particulares. André achava que não tinha relação nenhuma, que era questão de merecimento e que o absurdo era o dinheiro dos impostos ir para bolsas de estudos.

Decido tentar apenas mais uma vez resgatar um pouco de consideração:

— Você sabe que ele tem outra?

Sua expressão é de confusão, então explico:

— O pai tá com outra de novo.

André fica um tempo em silêncio, como se estivesse estudando qual reação deveria ter. Não demonstra nenhuma surpresa, decepção ou raiva. Ele apenas dá de ombros.

— Isso não é da nossa conta, já te falei — diz, deixando escapar um suspiro profundo. — Vê se tenta não estragar tudo dessa vez.

E então me deixa sozinha.

O tom condescendente não me surpreende. É claro que ele não daria a mínima. Sou inocente por pensar que ele ainda se importaria com alguma coisa que não tivesse relação com seu próprio umbigo. Provavelmente é cumplice dessa nova relação.

Curto minha própria companhia na penumbra por algum tempo e, mais tarde, despisto os convidados para conseguir ir para o quarto. Não tenho mais saco para aguentar o dia de hoje.

Quando consigo me refugiar, leio as respostas de Yuri e Gisele:

Gisele
Sempre discreta...
Como foi, afinal?
21:09

Gisele
Analu?
21:20

Yuri
Pelo tempo que se passou, acho que ela não sobreviveu depois do anúncio.
21:35

Gisele
Aff, Yuri, não brinca com essas coisas!
21:36

Yuri
:)
21:40

Reviro os olhos com o drama dos meus amigos e dou sinal de vida para acalmá-los, avisando que explicaria tudo amanhã. Teríamos muito tempo para conversar.

Deixo o celular na cama e começo a me livrar dos sapatos. Logo em seguida, o celular apita com o som de uma nova mensagem. Não dou atenção e tento abrir o zíper do vestido, mas é extremamente difícil abri-lo sozinha depois de algumas taças de champanhe.

Nova mensagem.

Ignoro, porque deve ser Gisele me cobrando explicações.

Nova mensagem.

— Mas que merda, vocês não me deixam em paz!

Quando pego o celular, meu coração para. Eu não preciso de mais nada essa noite! Não eram mensagens dos meus amigos, mas, sim, do algoz da minha vida. Que droga!

> **Murilo**
> Onde você foi parar?
> 22:01

> **Murilo**
> Não me diga que passou mal depois das taças de champanhe... Aposto que posso te ajudar ;)
> 22:06

> **Murilo**
> Tenho que ir embora, mas se precisar de alguma coisa me chama.
>
> 22:06

Há dois anos não recebia mensagens dele. Me arrependo de não ter trocado de número — ele trocou, porque eu havia bloqueado o anterior. Resolvo fazer a mesma coisa. Antes de me sentir idiota o bastante para responder, faço o que é mais sensato. Excluo a conversa e bloqueio o contato.

— Espero não te ver nunca mais... — digo entre dentes.

Desisto de tirar o vestido e deito na cama com ele. Adormeço logo em seguida e tenho pesadelos com os homens em que sempre confio, mas que sempre me decepcionam. Sei que é um sonho porque nunca confiaria neles novamente. Nunca.

Nunca acreditei em beijos de ano-novo. Sempre achei que era coisa de filme e, sinceramente, nunca me preocupei com isso. Afinal, o único beijo que eu havia ganhado em noites assim, até aquele dia, tinha sido na bochecha e da minha mãe. Mas quando Murilo me convidou para irmos até a escadaria que dava para a areia da praia quinze minutos antes da meia-noite, comecei a considerar o quanto seria fantástico se isso pudesse realmente acontecer.

Depois de tudo de ruim por que passei no ano anterior, por causa do que eu havia descoberto sobre o meu pai, minha única esperança era que dali para a frente as coisas dessem certo. E se o ano começasse com um beijo à meia-noite, eu poderia esperar mais do futuro.

— Ana Luísa... — Ele pronunciou meu nome brincando com o som das letras em sua boca. — Acho legal nome composto.

— Na verdade, prefiro que me chamem de Analu... — comentei, desviando o olhar para a areia. Estava mais tímida do que de costume e mantendo uma distância bem considerável dele. O que eu deveria fazer?

— Analu então. — Murilo se corrigiu e sorriu para mim, pegando minha mão esquerda e puxando de leve para que eu me aproximasse um pouco mais, chegando perto do corrimão no qual estava apoiado.

Resolvi imitá-lo e também me apoiei na madeira de aparência frágil. Algumas pessoas já estavam descendo para a praia para ver os fogos. A maioria vestida de branco e pés descalços, com as sandálias penduradas em uma das mãos. A temperatura naquele dia estava gostosa e nem mesmo a chuva conseguiria impedir a festa.

Dali eu conseguia notar o olhar atento de Gisele, que conversava com um dos amigos de Murilo — o nome dele era Marco, eu soube logo. Ele não era do nosso colégio e havia acabado de se formar no

Ensino Médio. Isso havia deixado Gisele bem empolgada. Ainda assim, ela continuava me observando de longe enquanto flertava com o garoto.

— Eu lembro de você, sabia? — diz Murilo com suavidade, chamando minha atenção.

Levantei as sobrancelhas.

— Lembra?

— Eu já tinha te visto no colégio — respondeu. — Não sabia quem você era, mas lembro de você.

— Sério? Eu jurava que você nem ligava pra a galera do primeiro ano.

— Pra a galera do primeiro ano não ligo mesmo. Pra você sim.

Mordi o lábio com a declaração inesperada e então sorri, tímida. Murilo colocou uma mecha de cabelo atrás da minha orelha e fez um carinho de leve no meu queixo. Eu já nem sabia mais como respirar, era simplesmente impossível fazer qualquer movimento enquanto ele me tocava.

— Dez minutos! — anunciou o DJ no microfone, me fazendo dar um pulo. Levei a mão ao peito, mas não sabia se meu coração estava acelerado do susto ou do que eu achava que poderia acontecer em alguns minutos.

Mais um grupo de pessoas começou a descer as escadas em direção à praia. Aos poucos o deque começou a ficar vazio e a areia tomada de pessoas que aguardavam a meia-noite.

— E aí, qual o desejo para o ano-novo? — perguntou Murilo.

— Se eu contar, ele não se realiza — respondi, cruzando os braços.

— Nunca ouviu falar que compartilhar os sonhos pode te ajudar a alcançá-los?

Franzi o cenho. Nunca tinha ouvido falar.

— Não.

Murilo deu de ombros.

— Meu sonho para esse ano é passar em Engenharia Civil no vestibular da Universidade Federal do Rio Grande do Sul. E ir para bem longe.

Uma pontada de tristeza atingiu o meu peito.

— Tão longe assim?

Murilo estreitou os olhos e me deu um sorriso safado.

— Vai ficar com saudade?

Revirei os olhos, tentando parecer despreocupada, mas ele apenas me deu um empurrãozinho com os ombros.

— Só achei estranho querer ir pra tão longe se tem esse mesmo curso em Tubarão — respondi.

— É, mas... — Seu olhar ficou perdido por um tempo, observando as pessoas perto do mar para depois voltar a me encarar. — Às vezes tudo que você precisa é se afastar para crescer.

— Que profundo! — observei, e devolvi o empurrão que ele tinha me dado de brincadeira.

— Sou muito filósofo! — declarou com um sorriso brincalhão no rosto.

— Tá mais para criador de frase de para-choque de caminhão ou frase de biscoito da sorte.

— Pode ser também.

— Cinco minutos! — anunciou o Dj novamente.

Pensei se eu deveria voltar para onde meus amigos estavam, mas notei que Gisele já estava beijando o tal Marco e Yuri havia sumido. Só me restava ficar exatamente onde eu estava naquele momento.

— Vai ficar aqui na praia depois do Ano-Novo? — perguntou Murilo.

— Mais algumas semanas. E você?

— Também. Acho que podemos nos ver mais então?

Ele acabou de dizer que quer me ver mais? É isso mesmo que eu acabei de ouvir?

— Acho que sim. — Foi a única coisa que eu consegui responder.

— Nossa, quanta empolgação! — disse ele, balançando meus braços.

Escondi o rosto, a timidez estava me deixando completamente sem criatividade para diálogos mais promissores.

— Sim, podemos nos encontrar mais vezes até eu ir embora — respondi, séria.

— Caramba, com prazo de validade!

— Ai meu deus! Eu não sei o que você quer!

Ele se afastou do corrimão e ficou bem na minha frente. O movimento repentino fez com que a madeira rangesse sob nossos pés.

— Eu quero te beijar — disse Murilo bem baixinho, mas estávamos próximos o bastante, e eu pude ouvir muito bem.

LOGO pela manhã sou acordada com alguém fazendo carinho em meu rosto. Por um tempo, fico saboreando o gesto, mas, quando tomo a consciência do que está realmente acontecendo, abro logo os olhos. Meu coração se acalma quando percebo que é minha mãe.

Ela abriu um pouco as cortinas e está sentada na beirada da cama, olhando diretamente para mim. Seus olhos estão inchados, desconfio que chorou recentemente. Meu coração aperta quando penso que talvez seja pelo pequeno show que dei na festa.

— Já te avisei para tirar a maquiagem antes de dormir, né? — diz ela com doçura, como se fosse uma velha amiga. — Você não vai querer ficar com estas rugas antes dos vinte anos. — Ela aponta para os próprios olhos e procuro as rugas que ela menciona, mas não encontro. Minha mãe tem uma pele de seda. Ela pega um lenço demaquilante do pacote que está sobre o criado-mudo.

— Depois dos vinte e cinco, o corpo volta para cobrar tudo que você fez — continua, com um sorriso de leve. — Não quero ter que dizer "eu te avisei" daqui a sete anos.

O carinho em meu rosto é substituído pelo toque frio do lenço. Ela pede para que eu feche os olhos e, com movimentos delicados, retira minha maquiagem.

— Desculpa, mãe — digo ainda de olhos fechados.

Ela fica em silêncio, mas não interrompe o movimento.

— Eu preferia que você tivesse me avisado em particular — responde depois de algum tempo.

— Eu tentei — me defendo. — Ontem.

— Acho que você teve bastante tempo antes.

O tom continua gentil. Ela não está brava, mas chateada com a minha atitude. Quando ela termina de retirar a maquiagem, abro os olhos e me sento na cama.

— Eu te amo tanto, mãe. — Seguro suas mãos delicadas e aperto. — Não queria te decepcionar.

Ela está cabisbaixa, considerando o que acabei de dizer. Quando levanta a cabeça, seus olhos estão vermelhos.

— Você não me decepcionou... tem o direito de fazer as escolhas da sua vida — diz ela. Então morde os lábios e respira fundo. — Só tenho medo de que sofra. Que não aproveite tudo que você pode ser.

— Não vou sofrer, mãe — prometo. — Tenho certeza que vou fazer o máximo para que a senhora sinta orgulho de mim.

Ela assente e dá um sorriso triste. Não tenho certeza se acredita em mim. Seus olhos ficam desfocados, e suspeito que ela esteja imaginando algo totalmente diferente para a minha vida. Provavelmente com a gravidez inesperada que ela tanto teme, que vou me perder na vida ou algo do tipo. Minha primeira grande escolha não parece deixá-la otimista.

— Eu espero que sim — diz, sem muita confiança.

Ela me dá um beijo na bochecha e caminha em direção à porta. Antes de sair, as palavras simplesmente escapam da minha boca sem nenhum controle:

— Ele está com outra de novo, mãe.

Suas costas se enrijecem e ela se volta lentamente para mim. Sua feição é cortante.

— O pai — digo como se ela realmente precisasse de contextualização, mas é claro que ela já sabe a quem eu estou me referindo.

— Não se mete nisso, Ana Luísa — repreende.

— Mas, mãe, como a senhora pode viver assim?

— Da mesma forma que você tem direito de fazer as escolhas referentes à sua vida, eu tenho o direito de fazer as minhas. — Ela engole em seco e ergue os ombros, está tentando recuperar o controle. — Eu sei o que é melhor para a minha vida e faço o possível para manter essa família unida.

Ela sai do quarto, mas antes que feche a porta eu pergunto pela última vez:

— Mãe, o que há com você? Quando deixou de *sentir*?

Não consigo mais controlar as lágrimas que tomei tanto cuidado para que não caíssem na noite passada.

Ela me olha pela última vez e responde:

— No momento que eu percebi que é assim que se sobrevive.

Então a porta se fecha e fico sozinha.

Pela primeira vez em meses encontro meu pai antes do café da manhã. Ele está na sala, sentado no que era sua poltrona favorita na época que nós ainda nos comportávamos como pai e filha. Era ali que ele me contava histórias ou me fazia companhia ao assistir aos desenhos da manhã de sábado. Finjo que não noto sua presença e caminho para a cozinha.

— Ana Luísa — chama.

Paro abruptamente assim que escuto seu tom de voz ríspido. Engulo em seco e me viro para encará-lo. Ele faz um gesto para que eu me sente no sofá em frente, mas ignoro completamente. Sentar me deixaria vulnerável e provavelmente me faria curvar a cada palavra que ele estivesse pensando em me dizer. Dou alguns passos para me aproximar, mas fico em pé.

Ele não fica feliz com a minha indisciplina e tenta controlar o descontentamento respirando fundo.

— Qual é o seu problema? — pergunta.

Engraçado, essa é uma pergunta que eu facilmente faria para ele.

Levanto as sobrancelhas, sem entender.

— Que história é essa de fazer *cinema*? — Pronuncia o nome do meu curso como se tivesse nojo. — É mais uma dessas suas ceninhas para chamar atenção? Porque você realmente conseguiu, tive que me explicar para os convidados pelo restante da noite. Sócios e clientes estavam presentes e você me contrariou na frente de todo mundo. Então eu me pergunto... *Qual é o seu problema?*

Eu apenas dou de ombros e cruzo os braços. O que ele quer que eu responda?

Isso o deixa ainda mais irritado e o vejo bufar.

— Você vai prestar vestibular novamente no meio do ano — conclui, pegando o jornal que tinha deixado de lado ao me ver e ajeitando os óculos de leitura.

— Vai largar aquele emprego na livraria também. Já era o seu showzinho de "trabalhar no shopping". Quem sabe assim você tem mais tempo para pensar na burrice que está fazendo com a sua vida.

Eu fico de boca aberta. Não acredito no que acabei de ouvir.

— Eu não vou fazer outro vestibular — digo, enraivecida.

— Como é?

— É o que eu acabei de dizer. Não vou fazer outro vestibular. Eu escolho, não você.

— A partir do momento que você vive na minha casa e com o meu dinheiro, sou eu quem escolho sim — responde ele num golpe.

Ainda bem que eu já estava preparada. É claro que ele me jogaria na cara o único argumento que tem.

— Não se preocupe — respondo com um sorriso. — Eu saio dessa casa na semana que vem.

Ele solta uma gargalhada.

— Então tá bom, Ana Luísa. — Ele ri, e eu observo de soslaio minha mãe descer a escada. — Vai pra onde? Morar com aquela sua amiga Gisele? Sinceramente, esperava mais de você.

É, pai. Isso que dá esperar alguma coisa das pessoas. Eu sei muito bem como essa mecânica funciona.

O fato de ele mencionar Gisele com tanto desgosto é o que mais me machuca. Ele nunca aprovou a nossa amizade porque Gisele era bolsista no colégio. Segundo ele, eu precisava me envolver com pessoas do *nosso* nível. E olha só que interessante, quando fiz isso, só me ferrei. Murilo está aí para provar.

— Eu nem vou começar a enumerar o que eu esperava de você — rebato.

A atenção dele automaticamente recai sobre a minha mãe, e depois alguns segundos volta para mim. Ele estreita os olhos, com raiva.

— Se você continuar com essa maluquice, não vai ter um centavo meu.

— Luiz Otávio... — repreende minha mãe, mas ele ignora. Quer ver até que ponto eu aguento.

Agradeço mentalmente por ter pensado nisso antes de fazer essa loucura. Eu havia guardado dinheiro por um bom tempo, não necessariamente para fazer faculdade, mas acabou que esse seria o destino das minhas economias. O fato de eu ter um emprego de meio período na livraria do shopping facilitou para que conseguisse uma quantia considerável. Confesso que umas dicas de investimentos da Gisele ajudaram bastante. Ela realmente escolheu o curso certo.

— Não preciso de você — respondo secamente.

— Que ótimo — diz ele, levantando-se da poltrona. Antes de continuar, olha de relance para minha mãe. — Menos uma boca para sustentar.

Então se tranca no escritório. Encaro minha mãe, mas ela desvia o olhar e morde os lábios. Meu pai certamente não estava se referindo ao meu irmão.

— Mãe... — digo, me aproximando, mas ela balança cabeça e me deixa mais uma vez sozinha.

Gisele realmente cumpre o que prometeu a mim e ao Yuri assim que planejamos nossa viagem de verão: vamos para a praia em sua Kombi vermelha recém-reformada. Ela tem tanto orgulho da lata-velha que até a levou para participar de uma exposição para colecionadores em Curitiba.

Todo o carinho com essa antiguidade tem um motivo. Foi a maior herança material e sentimental que o avô dela deixou quando faleceu há dois anos. Gisele passou vários meses reformando com ajuda do tio e agora ela exibe, orgulhosa, o tesouro.

— Não achei que você teria coragem — digo assim que ela chega na frente da minha casa fazendo o tradicional barulho ao acelerar.

Fico de boca aberta, ainda chocada com a beleza do automóvel e a audácia da minha amiga.

— Um verão que vai marcar as nossas vidas, precisa de uma carruagem à altura. — Ela abre os braços para encenar o discurso.

— O Yuri não vai acreditar...

— Ele que não ouse reclamar. — Ela levanta uma das sobrancelhas. — Ou vai ficar a pé.

Nós duas rimos.

— Como é? Cadê suas coisas? — pergunta ela depois de retirar os óculos escuros e verificar que eu tinha saído de casa sem bagagem nenhuma.

— Ainda não terminei de arrumar — respondo, e mordo os lábios porque sei que Gisele odeia atrasos.

Ela revira os olhos, suspira e se aproxima passando um dos braços pelos meus ombros.

— Eu não sei o que vai ser de vocês sem mim — diz, como uma mãe responsável que precisa sempre ficar de olho nos filhos para que se alimentem direito.

— Nem eu — respondo, sorrindo.

Seguimos para a porta de casa, mas André escolhe aquele momento para sair. Ele levanta os óculos escuros estilo aviador, nos analisa dos pés à cabeça, e depois faz o mesmo com a Kombi estacionada.

— Se ficarem paradas na estrada, não liguem pra mim.

André sorri e volta a colocar os óculos. Fecho os olhos e respiro fundo para evitar brigar com ele na frente da Gisele. Sei que deveria defendê-la, mas ela entende que brigar seria apenas desperdício de energia. Assim que ele entra em seu carro esportivo que ganhou no *nosso* aniversário de dezoito anos e sai cantando pneu, Gisele olha para mim:

— Você sabe que amo você, mas odeio essa sua cópia malfeita, não é?

Eu assinto.

Tenho certeza que sim.

Não consigo odiá-lo, mas há muito tempo desconfio que já não consigo sentir amor também.

— Acho melhor você terminar de arrumar as suas coisas logo — avisa Gisele, conferindo o horário no celular. — Ou não vamos ter tempo para pegar uma praia ainda hoje. Você sabe que eu preciso manter esse bronze — ironiza ela, dando um beijo em cada um dos ombros que estão à mostra. Sua pele negra contrasta com a blusa rosa bebê de alcinhas e babadinhos que está usando.

— Ah, mas eu não perco a praia de hoje nem se tiver que me bronzear à luz da lua! — digo.

— É isso aí!

Batemos as mãos em um cumprimento e subimos rapidamente a escada que leva ao andar do meu quarto.

Yuri fez uma cara engraçadíssima assim que paramos com a Kombi em frente à casa dele. Ele estava esperando na varanda, mas quando escutou o barulho inconfundível do acelerador quis se esconder.

— Você só pode estar de brincadeira com a minha cara, né? — pergunta ele para Gisele assim que ela sai da Kombi.

Minha amiga não responde, apenas se apoia na porta fechada da Kombi, cruza os braços e faz uma bola com o chiclete. A bola explode e ela sorri.

— Ou a Kombi ou seus pés — aviso.

Yuri bufa e pega a mochila que estava jogada no chão da varanda.

— Mãe, tô indo! — grita ele do portão.

Uma cabeça com uma touca de alumínio aparece na janela.

— Tchau, filho! — grita ela de volta. — Se cuidem, crianças! E usem camisinha!

Abafo uma risada. Yuri bufa mais uma vez ao se sentar ao meu lado no banco da frente.

— Tchau, tia! — despede-se Gisele antes de dar a partida na Kombi, mas não escutamos a resposta por causa do motor barulhento.

— O que era aquilo na cabeça dela? — pergunto.

— Sei lá. — Yuri balança a cabeça. — Ela anda vendo uns vídeos no Facebook e tá fazendo uns negócios na cabeça. Tenho até medo de ver o que vai acontecer com ela quando eu voltar.

Ele suspira, preocupado, em seguida dá uma boa olhada na parte de dentro da Kombi. Yuri certamente não pode reclamar, está impecável! Se não fosse um modelo antigo, eu poderia dizer que é completamente nova. Mas ele não pensa o mesmo, está bem decepcionado com a escolha de transporte. Essa viagem não começou nada feliz para o nosso amigo.

— Se anima aí!

Empurro-o de leve com os ombros, mas em resposta ele apenas apoia a cabeça em uma das mãos e revira os olhos.

— Preparados? — Gisele tenta falar mais alto que o barulho da Kombi.

Eu concordo com a cabeça e Yuri resmunga.

Aumento o som, está tocando Forfun, uma das bandas que marcam a nossa amizade. Eu sorrio para Gisele e ela acelera.

— PODE VIR, MELHOR VERÃO DAS NOSSAS VIDAS! — grito.

Bato palmas e danço ao som de "História de Verão". Gisele buzina alegremente, e Yuri fica com tanta vergonha que tenta se fundir ao banco para se esconder de toda a atenção não solicitada por ele.

Chegamos na cabana da Barbara antes das quatro da tarde. O que significa que temos tempo suficiente para ir à praia. O caminho foi mais tortuoso do que esperávamos. A Kombi se esforçou para subir pela estrada de terra e, com o maior fluxo de pessoas no verão, não conseguimos fugir do congestionamento.

Na metade do caminho, Yuri foi para a parte de trás da Kombi e se escondeu entre os bancos. Eu não estava nem aí para a cena. A maioria ali era turista e eu nunca mais veria nenhum deles na vida. Porém, confesso que agradeci mentalmente assim que estacionamos, já estava um pouco enjoada com tanta curva e buraco.

— Finalmente chegaram — diz uma garota que é uma versão um pouco mais velha de Gisele e que rapidamente vem ao nosso encontro. Ela inspeciona, orgulhosa, a Kombi e sorri para minha amiga. — Você conseguiu.

Gisele concorda e sorri. As duas se abraçam e tenho quase certeza que isso tem a ver com a lembrança.

— Barbara, essa é a Analu. — Gisele me apresenta.

— Analu, essa é a minha tia.

Estranho o fato de Gisele chamá-la pelo primeiro nome, mas faz sentido quando sua tia é apenas alguns anos mais velha. Foram criadas quase como primas durante alguns anos, a partir do momento que a mãe de Gisele se divorciou e precisou voltar a morar com os pais e a irmã mais nova. O avô de Gisele foi a única referência paterna que ela teve e por isso a ligação tão forte com a Kombi.

Gisele aponta para Yuri, que enche o peito e sorri timidamente para Barbara.

— E esse é o Yuri — diz ela sem entusiasmo. — Nunca caia na lábia dele, é um safado.

Ele arregala os olhos. O rosto aos poucos se transformando em um pimentão.

— Não faz essa cara, frangote. — Gisele balança as mãos na frente de Yuri. — Ela só pega cara mais velho.

Os ombros de Yuri murcham um pouco e ele pega a mochila que está jogada no chão da Kombi. Tento fazer o mesmo com naturalidade, mas minha mala está extremamente pesada. Acho que coloquei coisa demais para duas semanas.

Gisele e Barbara entram na cabana e deixam a porta aberta.

Yuri ergue uma das sobrancelhas para mim. Eu sei o que ele está esperando: que eu peça ajuda. Vivemos uma pequena disputa há alguns anos. Pelo menos desde que eu decidi que não precisava de homem nenhum para fazer qualquer coisa. Tivemos algumas brigas no começo, mas depois ficou estabelecido em um trato silencioso que ele não ofereceria mais ajuda e eu não pediria.

Puxo minha mala com dificuldade e dou alguns passos lentos. Deixo a mala aos meus pés e respiro fundo. Ele me alcança, ajeita a mochila nas costas com tranquilidade e protege os olhos quando olha para o céu.

— Que dia bonito, né?

Bufo e pego novamente a mala pela alça. Infelizmente o terreno é de terra e está úmido. O que impede que eu consiga arrastá-la. Dou mais alguns passos, mas paro logo em seguida com as mãos nos joelhos, tentando recuperar o ar. Essa vida de sedentária não está me fazendo bem.

Yuri dá mais alguns passos e para ao meu lado. Eu olho para cima com raiva. Ele apenas sorri debochado e assovia alguma música desconhecida.

— Você vai se arrepender — ameaço.

— Estou apenas devolvendo todo o constrangimento da viagem. — Ele pisca para mim.

Depois de mais algumas rodadas de carregar a mala, parar para respirar e Yuri debochar da minha cara, finalmente consigo chegar até a varanda da cabana e posso conduzi-la com as rodinhas a partir dali. Dirijo um olhar vitorioso para Yuri, mas ele apenas dá de ombros e entra antes de mim na cabana com a mochila, que parece extremamente leve, pendendo em seu ombro. Por que homens sempre conseguem reduzir ao mínimo suas bagagens?

A cabana que Barbara havia alugado neste verão fica em uma espécie de condomínio. Há pelo menos outras dez na mesma propriedade, a maioria não é visível de onde estamos e fica escondida pelas árvores. Dou uma olhada pela janela do quarto que estou dividindo com Gisele. Ele dá para a frente de outra cabana que, se não fosse pelo carro estacionado na entrada, diria que está vazia.

— Já está conferindo os vizinhos? — pergunta Gisele, me fazendo dar um pulo.

Ela também traz sua mala e a posiciona ao lado de uma das camas.

— Hum, não, eu... — começo a me justificar, mas me atrapalho um pouco. — Só estava conferindo a natureza.

— Aham — diz Gisele com ironia ao se jogar na cama. — Nossa, tô acabada depois de dirigir a Kombi. É muito pesada!

Estreito os olhos para minha amiga e já estou prevendo o que ela vai sugerir a seguir, mas faço questão de impedi-la antes que ela pronuncie as palavras.

— Nada disso! — repreendo. — A senhorita vai colocar o biquíni e nós vamos para o Rosa Norte em dez minutos.

Abro a mala e começo a procurar o biquíni que eu havia separado para hoje. Gisele se vira na cama e deixa o braço cair em direção ao chão.

— Mas eu estou tão cansaaaaada!

— Tô nem aí — digo. — Pensa que dá pra você descansar na areia.

— Te odeio — responde ela.

— Te amo.

— Eu também.

E sorrimos.

5

PASSA das cinco da tarde quando finalmente nós quatro conseguimos ir para a praia. Andando é possível perceber mais detalhes do condomínio. As cabanas são praticamente todas iguais, com dois andares e uma rede estendida na varanda do quarto principal, no segundo andar. Muitas árvores ladeavam cada unidade e nos fundos ficavam montanhas com pedras e uma mata densa.

Com exceção da que eu havia visto pela janela do quarto, todas as outras casas estão abertas e com gente caminhando de um lado para o outro. Várias pessoas também estão indo para a praia neste horário, então formamos uma pequena procissão em direção à trilha que desemboca na areia fina.

Rosa Norte está lotada, como sempre. A última vez que estive aqui foi há dois anos. Pode parecer bizarro, mas minha mente fica o tempo todo achando que estou revivendo um passado não tão distante. Naquela época, passamos apenas um dia, o último dia do ano, que terminou com uma festa em uma das pousadas. Me dói lembrar que o que eu achei que tinha sido minha melhor virada de ano foi na verdade a pior coisa que poderia ter acontecido no início de um ano péssimo.

Passamos algum tempo procurando um espaço vazio na areia. Não é o melhor horário. Se quiséssemos ter tranquilidade para escolher um lugar deveríamos ter chegado perto do meio-dia ou no início da noite.

Gisele aponta para um espaço no canto da praia à direita, entre um grupo de guarda-sóis de melancia e outro de cadeiras com mulheres fritando no sol forte, apenas o rosto está protegido por viseira e óculos.

Estendemos as cangas e sentamos, Yuri prefere ir até o mar e dar o primeiro mergulho do ano. Por causa de todo o estresse com vestibular e nossos trabalhos de meio período, não tivemos chance de passar um final de semana sequer na praia. As ondas não estão boazinhas e alguns surfistas aproveitam para tentar impressionar. A maioria cai antes de concluir a manobra.

— Vamos aprender a surfar esse ano? — pergunto para Gisele, que já está deitada sobre a canga.

Ela levanta e se apoia nos cotovelos, me encarando, as sobrancelhas se mexem por trás dos óculos escuros e tenho certeza que ela pensa que estou brincando.

— É sério — confirmo e volto a olhar para o mar.

Gisele dá de ombros e se deita novamente.

— Tem a escola de surfe do Capitão — sugere Barbara. — Só vi crianças aprendendo, mas devem ensinar adultos também.

— Ai, que vergonha — digo. — Mas alguma de vocês poderia ir comigo, né? — Faço um beicinho olhando de uma mulher para a outra.

Barbara estende uma das mãos e balança a cabeça.

— Nem pensar.

Olho esperançosa para Gisele, mas ela finge que nem repara.

— Convida o Yuri.

Reviro os olhos só com a possibilidade de o Yuri aprender a surfar. Ele é do tipo estabanado. Cresceu rápido demais e ainda não criou uma estrutura de músculos para sustentar o próprio corpo. Ou seja, é um desastre ambulante que não sabe o que fazer com os braços e as pernas compridas. Observo as tentativas de mergulho que ele dá no mar. É um ponto branco que reflete o sol e chama atenção de todo mundo com movimentos desengonçados.

Por um bom tempo da adolescência, Yuri foi o nerd. Passava a maior parte do tempo jogando ou lendo revistas em quadrinhos. No final do ensino médio, simplesmente passou de ratinho para girafa. Então começou a chamar atenção de todo mundo. Os holofotes inesperados o deixaram inseguro com a própria imagem, por isso ficou com tanta vergonha de ser visto dentro da Kombi barulhenta. Segundo ele, acabava com as poucas chances que tinha de pegar alguém neste verão, que seria responsável por ele finalmente deixar o passado de menino tímido para trás.

Em uma tentativa de ser sedutor, Yuri sai do mar com cara de indiferente. Sem olhar diretamente para nenhuma mulher durante todo o trajeto e na esperança que elas notem a sua presença. Ouso dizer que nenhuma realmente percebeu. A tentativa de fazer algo que ele não está acostumado saiu estranha e falsa. Preciso segurar o riso.

Ele para na nossa frente e balança os cabelos, fazendo várias gotas frias de água salgada caírem sobre as nossas peles quentes.

— Você só pode estar de brincadeira, né?! — reclama Gisele, irritada, levantando-se novamente com os braços estendidos.

Yuri ri e senta ao meu lado, encostando parte do corpo molhado em mim.

— Dá um espacinho — pede, enquanto me empurra para mais perto de Barbara.

— Você é irritante — praguejo, mas faço o que ele pede.

— Eu sei. — Ele ri, deixando a cabeça cair entre os braços apoiados nos joelhos, a água que escorre dos seus cabelos faz um desenho abstrato na areia. — Você acha que eu deveria fazer uma tatuagem? — pergunta para mim.

Olho confusa para ele.

— Todos os caras daqui têm uma tatuagem — explica.

Lá vem a insegurança de novo. Baixo um pouco a guarda e tento falar sério.

— Não precisa fazer o que todos fazem, você sabe — aconselho.

Ele morde os lábios e estreita os olhos para se proteger do sol.

— Mas eu tenho que fazer alguma coisa, né? — diz Yuri com uma ponta de tristeza na voz.

Suspiro e deslizo a mão esquerda por seus ombros, repousando minha cabeça em seu braço. Não me importo em me molhar.

— Somente se te deixa feliz — digo.

— É difícil saber o que me deixa feliz, se tudo o que quero ser não agrada a ninguém.

— Você se preocupa demais com o que os outros pensam.

Sinto seus ombros enrijecerem.

— É fácil falar quando você vem de uma família rica e é bonita, Ana — diz ele em um tom cortante. Sinto culpa e mágoa ao mesmo tempo, porque ele não está na minha pele para saber o que é mais fácil. Assim como também não posso saber pelo que ele passa. Yuri percebe a mudança em meu comportamento e então balança a cabeça. — Só é difícil, tá? Ainda estou tentando encontrar o que eu gosto e o que eu quero.

Ele pega os óculos escuros que havia deixado em cima da minha canga e coloca no rosto. O movimento inesperado me afasta. Yuri volta a se sentar, agora mais distante, e fica pensativo. Talvez seja melhor deixá-lo em paz.

Eu me deito sob o sol e protejo o rosto com a blusa. Não vou conseguir ficar muito tempo nessa posição, mas foi a saída que encontrei para lidar com esse momento desconfortável, pois tenho quase certeza que Barbara e Gisele estão dormindo que nem lagartos no deserto.

Devo ter adormecido também, porque acordo um tempo depois com uma voz conhecida. Descubro os olhos e leva algum tempo para minha visão se acostumar com a claridade e eu conseguir enxergar quem está à minha frente.

— Não é que aquela pirralha ficou gata pra caramba? — Uma garota de cabelos platinados e mechas cor-de-rosa está parada na minha frente, me olhando com um sorriso brincalhão. Ao seu lado, outra garota, baixinha, que não faço ideia de quem seja.

Tenho quase certeza que a conheço de algum lugar, mas não consigo me lembrar de onde. Minha expressão confusa deve estar bem explícita, porque ela revira os olhos, cruza os braços e pergunta:

— Você não se lembra de mim?

Balanço a cabeça lentamente, ainda sonolenta.

— Sou a Manu — explica. — Cuidei de você e do seu irmão por muito tempo para que seus pais saíssem pra trepar.

Sinto meu rosto corar. Manu! Essa garota foi a minha babá da infância e agora estava falando sobre a vida sexual dos meus pais bem alto para a praia inteira ouvir.

Ela se diverte com a minha vergonha.

— Vai dizer que continua a santinha de sempre? — questiona, estreitando os olhos. Ela sabe que eu odiava ser chamada de santinha.

— Oi, Manu.

Manu sorri e indica a menina ao seu lado.

— Essa é a Dani — apresenta e pega uma das mãos da garota. — Minha namorada.

Uau. As fofocas eram verdadeiras. A mãe da Manu tentou ao máximo desmentir os fatos. Manu realmente está namorando uma garota. E elas formam um casal muito bonito, tenho que admitir.

Yuri, que agora ocupa o lugar de Barbara do meu outro lado, observa a cena com exagerado interesse. Ele até mesmo tirou os óculos para observar melhor. Deve ter se apaixonado por Manu. Todo mundo se apaixona. Inclusive meu irmão, que vai *adorar* saber que ela está namorando. Manu foi o primeiro amor da vida de André e desconfio que até hoje ele sonha com ela.

Sorrio para Dani e vou um pouco para trás para que elas se sentem na minha canga. Barbara e Gisele haviam saído e eu não faço ideia de onde estão. Fico agradecida por Yuri não ter me abandonado dormindo sozinha na praia.

O sol já está um pouco mais baixo e ameaça se esconder atrás de uma das montanhas que cercam o Rosa Norte. Porém, por causa do horário de verão, ainda temos muito tempo de dia claro para aproveitar. A maior parte das pessoas continua na praia e deve aproveitar o início da noite na areia.

— Nossa, eu nem te reconheci! — digo para Manu. — Faz quanto tempo?

— Três ou quatro anos? — responde, sem muita certeza. — Acho que desde que fui para a faculdade em

Pedra Azul e não voltei para passar o verão com meus pais. — Ela mexe nos cabelos, desconfortável com o assunto. — E nem para cuidar de vocês.

Eu sorrio.

Manu cuidava da gente nas férias, quando viajávamos com a família dela e nossos pais decidiam que precisavam de uma noite sem filhos. Não era ruim, porque ela era bem legal e deixava a gente comer besteiras e dormir a hora que quiséssemos. A única regra era ir para o quarto assim que os carros chegassem. Nossos pais eram sócios havia muitos anos, o que fez com que a convivência na infância fosse inevitável.

— A gente escutou algumas coisas... — digo baixinho, fazendo desenhos na areia com os dedos.

— Tenho certeza que sim — diz ela com uma expressão tranquila. — Mas eles não têm mais a ver com a minha vida e com quem escolho namorar, sabe? Não fazem ideia do que eu passei na faculdade.

Entendo a Manu. Por motivos diferentes, nós duas tínhamos problemas com a nossa família e éramos o patinho feio. Porém não sei o que é estar no lugar dela e as lutas que ela precisa travar todos os dias com a sociedade.

— E você? Tá namorando? — pergunta ela, desviando o olhar para Yuri. A atenção inesperada o faz enrubescer.

Eu caio na gargalhada.

— Não, não... — Faço um gesto com as mãos para demonstrar o quanto aquilo era totalmente surreal. — Decidi que não nasci para o amor.

Manu levanta uma das sobrancelhas e fica pensativa por algum tempo.

— Que discursinho de coração partido, hein?

Apenas dou de ombros. Tudo começou com um coração partido, mas não significa que sustento a ideia até hoje apenas por causa dele.

— Melhor discurso de coração partido que esse papinho de tia — rebato.

Ela leva uma das mãos ao peito e demonstra o choque daquela conclusão.

— Não acredito que já estou velha o suficiente pra fazer esse tipo de pergunta — lamenta Manu, olhando para a namorada.

— Eu sou mais velha que você e nem por isso saio fazendo esse tipo de pergunta — repreende Dani, falando pela primeira vez.

Já percebo que ela tem a mesma personalidade espirituosa de Manu, a língua afiada, só que é um pouco mais observadora.

— Falando nisso. — Ela olha para mim — Hoje é meu aniversário e vai rolar uma pequena comemoração no bar da Pousada do Mirante. Vocês estão convidados.

Ela sorri docemente, mas não demonstra que faz tanta questão.

— Pode até não parecer, mas esse foi um convite sincero da minha namorada — justifica Manu.

Ela também havia percebido.

Olho para Yuri e ele dá de ombros. Apesar da indiferença, quase posso sentir que ele está louco para ir, só que ansioso demais para lidar com tantas pessoas desconhecidas.

— Tudo bem — concordo. — Estou com a Gisele e a tia dela, vou convidá-las também, pode ser?

— Tia? — Manu levanta uma das sobrancelhas. — Vai dizer que sua mãe ainda te deixa com uma babá?

Reviro os olhos.

— Não, ela é quase da nossa idade — explico. — Praticamente uma prima da Gisele.

Isso parece uma explicação satisfatória para Manu, então ela apenas concorda.

— Certo, temos que ir... — Ela se levanta e ajuda Dani a fazer o mesmo. — Nos vemos mais tarde então?

Olho para cima e preciso proteger os olhos com uma das mãos.

— Pode deixar — confirmo.

— Tchauzinho — despede-se Manu e, de mãos dadas, vai embora com a Dani.

— Eu amei essa garota — comenta Yuri quando elas se afastam.

— E quem não ama?

Gisele ficou animada quando comuniquei que tínhamos uma festa. Descobri que o sumiço na praia foi apenas uma caminhada especulativa para analisar a quantidade de caras gatos presentes na praia.

— E aí, foi satisfatório? — pergunto ao entrar no quarto enrolada em uma toalha depois de tomar banho.

— Hummm. — Gisele pensa por alguns segundos com o dedo indicador no queixo. — Acho que temos chances de encontrar opções melhores hoje à noite. É por isso que já ativei o meu Happn.

— O seu o quê? — pergunto enquanto me sento na cama, com preguiça de me trocar. Meu ombro está levemente mais vermelho que o restante do corpo e agora está ardendo.

— *Happn* — repete Gisele como se fosse óbvio. — Um aplicativo de encontros meio parecido com o Tinder, mas bem mais legal — explica com pose de quem é experiente no assunto. Ela certamente é especialista em Tinder.

Faço uma careta, porque minha experiência com o aplicativo foi péssima e só de lembrar me dá calafrios. Era muita gente estranha num lugar só.

— Só aparecem pessoas com quem você cruzou pelo caminho, então você curte ou não. E, assim como o Tinder, se um gostar do outro abre uma janela de conversa.

Levanto uma das sobrancelhas. Ok, esse parece mais interessante.

— Instala! — incentiva Gisele ao ver um pequeno vislumbre de reação positiva no meu rosto.

— Não sei, não — digo. Levanto as pernas e me encosto na parede, tomando cuidado para que a toalha cubra as partes que deve. — Você sabe que não tenho muita sorte com essas coisas.

Gisele revira os olhos.

— É porque você não ouviu as histórias da Barbara. Enfim, você que sabe — diz, dando de ombros, e depois pega sua toalha e sai em direção ao banheiro do corredor. Porém, antes de sair, para e me olha da porta.

— Já dei vários matches nos últimos quinze minutos e provavelmente vou beijar muito hoje. Lembre-se que esse é o verão do início das nossas vidas!

Gisele me manda um beijo e vai para o banho.

Encaro o meu celular, que está em cima da cama ao lado.

Será?

Dar uma pesquisada no aplicativo não vai ser nada demais, não é mesmo? Digito o nome e espero pelo resultado. A internet não é das melhores, então demora para carregar. Vejo as avaliações e me pergunto como essas pessoas são corajosas a ponto de avaliarem um aplicativo como esse. Eu morreria de vergonha!

Gisele tem razão, parece bem melhor que o Tinder. O que é não muito difícil.

Pondero por alguns segundos com o dedo no ar sobre o botão de instalar. Eu poderia usar só esses dias que ficarei por aqui. Se der algum problema ou encontrar algum babaca, é só desinstalar. Fácil e prático. Quem sabe até descolo uma conversa bacana.

Respiro fundo e aperto para instalar.

Leva um tempo para que o aplicativo esteja disponível. Ele pede para que eu conecte com o Facebook e, logo em seguida, uma tela de instruções se abre. Quando enfim consigo entrar na tela principal, ela aparece vazia. Fico um pouco decepcionada, por algum motivo esperava dar uma olhada nas minhas opções antes da festa. Porém o aplicativo avisa que ainda não cruzei com ninguém.

Suspiro e bloqueio a tela. O que eu queria? Encontrar o príncipe encantado?

Olho pela janela e vejo que o sol já está quase se pondo por completo e uma brisa quente balança de leve a cortina. A posição que estou na cama dá diretamente para a janela principal da outra cabana, que tem a rede estendida. A casa não está mais fechada, pelo contrário. Já existe movimentação e alguém está na rede olhando para mim. Estreito os olhos para tentar ver melhor, porém é inútil. Consigo apenas distinguir que a pessoa ainda parece olhar diretamente na minha direção. Demoro um tempo para me dar conta de que ainda estou de toalha e providenciando uma vista e tanto para quem quer que esteja na rede. Corro para a janela e fecho a cortina.

Era só o que me faltava, um vizinho tarado!

6

A COMEMORAÇÃO do aniversário de Dani é uma festa aberta em uma das famosas pousadas da Praia do Rosa, bem no centro, então conseguimos ir andando como a maioria das pessoas pelas ruas que revezam entre terra e lajotas.

— Por que eu inventei de colocar salto? — reclama Gisele enquanto estamos descendo uma ladeira. Ela precisa andar com cuidado para não virar o pé.

— Só você mesmo pra colocar salto em uma festa na praia — dispara Barbara, que, assim como eu, está calçando uma sandália rasteirinha.

Ofereço o braço para Gisele se segurar e ela aceita com relutância.

— Mas vocês viram a foto do lugar? — pergunta ela, agarrando com força o meu braço, enquanto torço para ela não usar as unhas compridas para se segurar. — É uma pousada mais chique.

Barbara revira os olhos.

— Continua sendo praia, com areia e tudo.

Gisele resmunga alguma coisa em resposta.

Yuri se mantém em silêncio durante todo o trajeto. Percebo que ele está observando com cuidado o caminho que tomamos, as pessoas e os bares que ladeiam as pequenas ruelas. Não parece prestar atenção na nossa conversa e muito menos na dificuldade de Gisele em andar.

Assim que chegamos em uma rua plana e de lajotas, Gisele me solta e eu respiro aliviada. Meu braço está dolorido de tanto que ela apertou. Indico com a cabeça um lugar movimentado, com muitos carros parados esperando por uma vaga no estacionamento.

— É logo ali na frente.

A placa deixa claro que se trata do lugar certo. No alto e bem iluminado está escrito "Pousada do Mirante". Consideramos alugar um quarto nessa pousada quando começamos a planejar nossas férias, mas era extremamente caro. Quem diria que agora estaríamos indo para uma festa lá?

— Essa galera tem cocô na cabeça pra sair de carro logo hoje — diz Barbara, observando a fila de carros. — Perdem metade da noite procurando vaga pra estacionar ou pagam um rim pra um estacionamento que diz cuidar do carro, mas, na verdade, o segurança nunca fica até o final da noite.

Esse é o terceiro verão de Barbara na Praia do Rosa. Ela é apaixonada pelo lugar e foi uma das razões por que escolhemos como destino das nossas últimas férias antes da vida de adulto. Ela é nossa guia.

Quando decidimos que passaríamos duas semanas em alguma praia de Santa Catarina para aproveitar os últimos momentos juntos antes da matrícula e mudança para a faculdade, não foi muito fácil decidir qual seria o nosso destino. Consideramos praias badaladas como Balneário Camboriú, Bombinhas ou até mesmo um acampamento em Garopaba. Mas Gisele apareceu com a ideia de dividirmos uma cabana que sua tia-prima já alugaria durante a temporada para ficar até o carnaval, quando seus amigos da faculdade chegariam. Unimos o útil ao agradável e estamos aqui, na nossa primeira noite. Ansiosas para aproveitar cada momento! Menos o Yuri, que parecia querer vomitar.

— Parece que você está indo para um velório — comento.

— Só tô nervoso...

— Por quê?

Ele dá de ombros e passa a mão pelos cabelos mais uma vez. Já é a quarta vez que faz isso desde que saímos. Estou começando a ficar preocupada. Será que está rolando algo grave com a família dele? Ele nos contaria, certo? Depois de pagarmos pela entrada, vamos em direção à segurança, que confere nossa identidade para ter certeza de que temos mais de dezoito anos. A sensação de finalmente receber a pulseira com crédito para bebidas alcoólicas é inexplicável. É como se, pela primeira vez, estivéssemos colocando os pés em uma balada de verdade.

Em uma cidade totalmente diferente, com nossos pais bem longe e maiores de idade. Essa noite não poderia ser ruim. Nós três nos entreolhamos e exibimos cada um a sua pulseira, sorrindo. Barbara revira os olhos com a cena, mas dá um sorriso de leve ao ver nossa pequena alegria. Já faz um tempo que ela passou por esta sensação e deve reconhecer o sentimento.

— Ai, ai... crianças — diz, balançando a cabeça. — Quando ficarem mais velhos vão ficar felizes por pedirem suas identidades, porque isso quer dizer que ainda parecem novos o bastante para alguém duvidar.

A segurança também confere a identidade dela, o que a deixa levemente feliz, e então ela pisca para nós.

— Nunca fiquei tão feliz em exibir minha carteira de motorista — diz Gisele, a única de nós três que tirou a habilitação antes de ir para a faculdade. — A primeira vez que fiz isso foi em uma blitz e quase morri do coração.

Quando vi as fotos da pousada na internet não imaginava que seria tão incrível. Como passamos pela entrada de entretenimento, demos de cara com um deque espaçoso com vários sofás redondos em que pequenos grupos estão reunidos. Tudo isso com a vista do mirante, à direita. Dou alguns passos em direção ao muro que protege o mirante para admirar as árvores em contraste com a luz da lua, que ilumina o mar um pouco mais distante. A vista é maravilhosa! Não é à toa que a hospedagem aqui seja tão cara.

Apesar de termos pagado para entrar na balada mais tarde, caminhamos para o bar, que ficava mais ao fundo, logo depois do espaço destinado à boate e próximo da entrada da praia exclusiva da pousada. Ok, não é uma praia enorme, mas ter uma faixa de areia particular não é para qualquer um. Eu me pergunto como tiveram tanta sorte de achar um local como esse.

O lugar está cheio e desconfio que a maioria das pessoas veio com a mesma intenção que a nossa: aproveitar o bar por algumas horas e depois dançar muito na outra parte da pousada.

— Uau, gente rica tem sorte, né? — comenta Gisele, olhando com admiração para o espaço.

Não sabemos muito bem o que fazer. Devemos procurar uma mesa? Esperar pela Manu? Pedir uma bebida e ficar lá fora? Ainda bem que a Manu nos encontra antes de precisarmos tomar uma decisão. Nunca me sinto à vontade em lugares como esse e ter alguém para dar as primeiras instruções enquanto ainda estou sóbria é um alívio.

Ela nos acompanha até uma mesa do lado contrário de onde entramos, percebo que é a mesa mais próxima do bar e não tenho dúvida que foi por isso que a escolheu.

— O barman é meu amigo e tá liberando alguns drinques por conta da casa — ela avisa e acena em direção ao bar. Desvio o olhar na direção de quem recebeu o cumprimento e franzo a testa.

Espera aí, eu conheço aquele cara?

Ele parece ter idade suficiente para já ter saído do ensino médio há pelo menos dois anos e movimenta muito bem copos, coqueteleiras e garrafas em movimentos espetaculares. O que significa que faz isso há algum tempo.

Mas por que eu tenho a sensação de que já o vi em algum lugar?

Olho para Gisele e Yuri e eles não demonstram nenhum traço de reconhecimento, para falar a verdade, estão ambos de boca aberta admirando a habilidade do cara. Tudo bem, tenho que admitir, ele sabe muito bem o que está fazendo com as mãos. E que mãos! Gira e joga para o alto as garrafas com segurança e termina fazendo uma gracinha para a garota que havia pedido a bebida.

Quando termina, ele olha na direção da mesa da Manu e encontra o meu olhar, o sustenta por alguns segundos e me pergunto se ele está pensando o mesmo que eu. Já foi o tempo em que eu ficava intimidada com quem me encarava por muito tempo, agora simplesmente encaro de volta e sempre ganho a disputa. Hoje não é diferente, ele desvia o olhar, mas antes dá um sorriso e acena.

Isso é o suficiente para que eu saiba exatamente de onde eu o conheço, e tenho que agradecer-lhe, pois foi o responsável pelo meu pequeno espetáculo da noite passada. Ele é o garçom que me viu escondida e depois me deu duas taças de champanhe.

Obrigada, estranho.

Sorrio para ele em resposta. Por mais incrível que pareça, não estou tão envergonhada de tudo que ele viu na noite passada. É quase como se tivéssemos algo em comum. Observando com mais atenção, percebo que ele é bem gato. Está vestindo uma camiseta preta, e puta merda, se os caras que vestem camisetas pretas continuam feios... coitados, realmente não têm salvação. E esse barman parece que fica bonito com qualquer cor de camiseta, e sem ela também, provavelmente. Seu braço direito é fechado com tatuagens e me pergunto se vão até o peito. Ele volta a se concentrar em preparar as bebidas e continuo observando atentamente.

— Ele tá solteiro — diz Manu, interrompendo meus pensamentos.

Olho confusa para ela.

— O quê?

— O Nico — repete com um gesto na direção do barman. — Está solteiro. Tenho certeza que você tá interessada. Pena que é queima de cartucho, você deveria seduzir o outro barman para ganharmos mais bebida. Mas tudo bem, ele é legal.

— Ah, pode deixar que eu gostei do outro — avisa Barbara, rindo.

Para disfarçar, apresento meus amigos para Manu e parabenizo a Dani pelo aniversário. Elas também me apresentam para as outras pessoas que já estavam por ali, mas não consigo ter interesse por nenhuma. Meu foco já foi definido, e mesmo que eu tenha o costume de sempre avaliar mais opções, dessa vez não consigo. O tempo todo desvio o olhar para ele e várias vezes reparo que ele me observa também.

Levo um susto quando Barbara entrelaça um braço no meu.

— Acho que devemos pegar algumas bebidas. E talvez um babador pra você!

Tento impedi-la de me arrastar até o bar, mas, infelizmente, não consigo me desvencilhar. O garoto que a Manu chamou de Nico percebe minha aproximação porque termina de fazer um dos drinques na hora exata que chegamos ao bar. No mesmo momento, Barbara se afasta e procura o colega dele na extremidade direita do balcão.

Valeu, hein, Barbara? O que vou fazer agora?

Minhas mãos começam a suar e dou um pigarro, meio sem graça. De todo modo, fico mais confiante assim que ele se aproxima de mim.

— Fiquei sabendo que você tá liberando algumas bebidas de graça praquela mesa ali — falo, indicando a mesa da Manu.

Ela estreita os olhos em minha direção e mostro a língua em resposta.

— Infelizmente, não temos champanhe hoje — responde ele com um sorriso brincalhão.

O fato de ele também se lembrar de mim me incentiva a continuar a conversa. Faço um beicinho e cruzo os braços em cima do balcão. Ele automaticamente desvia o olhar para os meus peitos, que, assim como eu previa, ficaram bem expostos com o movimento. Inclino a cabeça para o lado.

— O que sugere, então?

Ele levanta uma das sobrancelhas e pega uma das coqueteleiras sobre a mesa.

— Vou preparar uma surpresa.

Concordo com a cabeça e sorrio. Os dois estão dentro do jogo.

— Mas você não pode olhar.

— Por que não?

— Porque aí deixa de ser surpresa.

— Como eu sei que posso confiar que você não vai colocar nada suspeito?

Ele deixa a coqueteleira em cima da mesa e apoia as mãos no balcão.

— Eu jamais faria isso!

Mordo o lábio inferior, analisando a oferta. Ele parece ser um cara legal, mas todo mundo sabe o que pode acabar rolando em festas como essa. Eu até posso ter aceitado uma bebida dele ontem, mas estava segura na minha casa.

O tempo todo ele me observa com atenção, sem se mexer e, dessa vez, perco o jogo, desviando o olhar para as bebidas que estão em cima do balcão.

— E aí, o que vai beber? — pergunta Barbara, enquanto leva um canudo à boca e bebe um gole do drinque rosa que traz nas mãos.

Levanto uma das sobrancelhas para o barman.

— Ela pode olhar enquanto você prepara?

Barbara me olha, confusa, e quando ele balança a cabeça concordando, me viro de costas para o bar.

Fico nervosa com a expectativa do que ele vai preparar. Eu gosto de surpresas, mas isso não me impede de ficar ansiosa enquanto espero por elas. Olho de soslaio para Barbara e ela parece hipnotizada com a coreografia da preparação.

— Pronto.

Eu me viro para o balcão novamente e o que me espera é um drinque em um copo grande e fundo. O líquido não tem uma cor definida. Na verdade, são várias cores que se misturam em um degradê perfeito. É impressionante.

Ele coloca um canudo dentro do copo e me olha com seriedade.

— Você tem que puxar o canudo para cima junto com a bebida.

— Como assim? — pergunto, confusa.

— Começa bebendo do fundo e vai subindo até tomar um pouco de cada cor, em um só gole — diz ele, me mostrando o movimento.

Pego o copo e admiro mais uma vez as cores do líquido — parece uma poção mágica ou coisa de filme de fantasia. Quando ameaço mexer o canudo, ele me interrompe rapidamente.

— Não, nada de mexer. Ou você vai misturar tudo.

Reviro os olhos e suspiro. Não tenho paciência para tanta frescura.

— Se você quer tudo misturado, é só pegar você mesma e derramar no copo — complementa, assim que vê meu olhar insolente.

— Tá, tá... Vou fazer como você pediu.

Barbara me olha, admirada.

— Aproveita para beber isso enquanto tá sóbria. Duvido que vai lembrar o que tem que fazer com o canudo depois — diz ela.

Ah, eu vou saber...

Sorrio maliciosamente para Barbara e desvio o olhar para o barman. Até ele havia entendido o duplo sentido.

Posiciono o canudo no meio do copo e, assim como havia sido instruída, vou retirando-o lentamente da bebida até chegar ao topo e passar por todas as cores. O início é doce e reconheço o sabor de suco de maracujá, o meio é algo misturado com morango e, por fim, o gosto da vodca. Tenho que admitir, é completamente louco ter tantas sensações em só um gole.

Barbara me encara com expectativa e o barman espera, de braços cruzados, que eu admita que o drinque é realmente incrível. Antes de dar qualquer resposta, provo novamente e, mesmo sabendo o que vou sentir, continua sendo uma experiência extremamente diferente.

— É uma delícia — admito, colocando o copo sobre a mesa.

— Ácida, doce e matadora — diz ele com seriedade.

Seu olhar é tão profundo que, de alguma forma, achei que ele tivesse querendo falar para a minha alma.

— O quê? — pergunto, confusa.

— Nada, só estou explicando a bebida. Maracujá é ácido, o morango é doce, e a vodca, matadora.

Ah, certo. Por um momento achei que ele não estava se referindo à bebida.

— Que bebida filosófica — comenta Barbara e se vira para mim. — Vamos voltar?

Assinto e pego meu copo, aceno para Nico e me viro em direção à mesa da Manu.

— E aí, e o outro cara? — pergunto para Barbara.

— Comprometido, com aliança de noivado.

— Que pena.

— Pena nada. — Ela me olha. — Tem muito homem nesse mundo pra eu lamentar um ou outro indisponível. Sorrio. Barbara tem razão. Muito homem no mundo para sofrer com quem não se pode ter.

— Eu nunca me lembro de olhar para as mãos — digo e tomo mais um gole da minha bebida, obedecendo às regras impostas.

— Relaxa, ele não tinha aliança.

Barbara pisca para mim e seu comentário me faz sorrir. Paro ao lado de Gisele e olho para trás. O barman ainda está me observando, só que rapidamente desvia o olhar. Assim como fez quando me viu escondida do meu pai. A leve atmosfera de flerte vai embora. Provavelmente faz parte do pacote de barman seduzir as garotas que pedem bebidas. Será que ensinam isso logo depois da lição sobre malabarismos com a coqueteleira?

7

FICAMOS no bar por cerca de duas horas, até a balada abrir e quase todo mundo ir para a pista de dança. Não pedi mais nenhum drinque e acabei bebendo uma ou duas cervejas que chegaram em baldes de gelo na mesa.

Também não consegui ir além da troca de olhares com os caras que achei minimamente interessantes. Não estou mais no clima para beijar alguém hoje.

Fiquei sabendo que a pousada dividira a balada em dois espaços — um dedicado à música eletrônica e outro, maior, com os hits do verão, em uma espécie de preparação para o Carnaval daqui a uma semana. Manu, Dani e os outros decidem que não ficarão para a festa.

— Já estamos velhos demais pra essas coisas — dramatiza Manu.

— A gente começa a priorizar uma boa noite de sono depois que passa dos 25 — completa Dani.

Eu me dou conta de que mesmo vindo para o seu aniversário não fazia ideia de quantos anos ela está fazendo.

— A gente se vê amanhã? — pergunto.

— Infelizmente, não — responde Manu com um beicinho. — Amanhã de manhã vamos para Laguna, visitar uns amigos e ficar alguns dias por lá. Quem sabe até o Carnaval.

— E as aulas?

— É meu último ano. Alguma vantagem de veterana eu tenho que ter. Não preciso ir à primeira semana e não tenho mais saco pra aplicar trote.

Ela dá de ombros.

Só de ela mencionar a palavra "trote" eu já fico apreensiva. Manu nota a minha reação, e um sorriso se forma em seu rosto ao lembrar que nós três entraremos na faculdade este ano.

— Ah, pobres calourinhos...

— Não começa, Manu.

Dani revira os olhos.

— Mas eu amo ver esses olhares sonhadores de todos aqueles que entram na faculdade achando que poderão começar tuuuuuudo outra vez.

É exatamente o que eu espero da faculdade, e meus amigos, também. Eles olham sérios para Manu, levemente assustados com a menção ao trote. Mas logo sua expressão de brincadeira se transforma em seriedade e ela levanta um dedo.

— Ficarão impressionados e querer fazer de tudo pra serem incríveis. Mas uma dica que eu sempre dou é: vocês não são obrigados a fazer *nada*. Vocês tomam as suas próprias decisões. — Ela olha com intensidade para mim e para Gisele, e depois desvia o olhar para Yuri. — E a maioria finalmente se encontra.

Ele engole em seco e baixa a cabeça. É impressão minha ou eles estão dividindo alguma espécie de segredo?

— Tirando isso, é uma maravilha e um inferno — conclui Manu, dando de ombros. — Depende do ponto de vista.

Os conselhos de Manu deixam margem para interpretação. Duvido que ela tenha falado apenas no sentido literal. Sua entonação e como dirigiu determinadas palavras para cada um de nós me deixou pensativa.

— Nicoooo!

Manu automaticamente muda de humor ao chamar o barman e ele se aproxima, meio envergonhado com a atenção indesejada. Ela o abraça e diz que está com saudades.

— Mas não faz nem um mês — diz ele, e Manu assume uma expressão magoada.

— Desculpa se eu me apego aos meus calourinhos de estimação.

— Não sou mais calouro. Já faz um ano, lembra?

Ele passa a mão na cabeça raspada e me olha de soslaio.

— Calouros só deixam de ser calouros quando têm seus próprios calouros. Você tem calouros?

Ele pigarreia.

— É o que eu pensava — conclui e olha para a gente. — Esse é o Nicolas. Está morando na mesma república que eu há um ano, ele faz biologia.

Erguemos as sobrancelhas, surpresos.

— Não é? — Ela pega o queixo de Nicolas e mostra seu rosto para a gente. — Quem diria que um rostinho destes é apaixonado pela natureza?

Ele revira os olhos e consegue se livrar das mãos de Manu. Então ela apenas apoia a cabeça em seu ombro e suspira.

— Nossos pupilos crescem tão rápido.

— Ei, Manu, você vem? — pergunta um dos seus amigos, cujo nome esqueci, que já esperava na saída da pousada.

Ela acena para ele esperar mais um pouco.

— Foi ótimo conhecer todos vocês — diz para meus amigos, me abraça e depois olha de Nicolas para mim.

— Vocês deveriam se beijar — conclui com seriedade.

Aquilo me pega de surpresa e eu reajo olhando alarmada para ela. Manu continua mais direta do que nunca! Nicolas também fica sem jeito porque coloca as mãos no bolso e abaixa a cabeça. Minhas bochechas ficam quentes e quando olho para Gisele e Yuri em busca de apoio, eles simplesmente dão de ombros. Estão concordando!

— Ai, odeio esses jovens inocentes — ela fala para Dani. — Vamos, eles que se virem.

Dani apenas sorri e se despede antes que sigam para a saída.

— Não percam tempo! — grita ela sem se virar.

E então fica o silêncio. Quebrado apenas pela música que sai pela porta da balada e pelo burburinho das pessoas que conversavam aos sussurros nos sofás do deque.

Nós cinco ficamos apenas nos encarando, levemente desconfortáveis. Mas ainda bem que Barbara sabe o que fazer:

— Que *bad vibe* — diz, jogando-se em cima de Gisele e Yuri. — Hora de dançar pra valer!

Eles concordam e então olham para mim com expectativa. Eu limpo a garganta e olho para Nicolas.

— Vai entrar?

Ele considera minha pergunta por alguns segundos e, como se tivesse tomado a decisão naquele momento, responde:

— É, acho que vou.

Tento conter um sorriso aliviado, mas é impossível impedir que ele se forme em meu rosto. Os três saem na frente deixando eu e ele para trás. Não falamos mais nada antes de apresentarmos nossas pulseiras para os seguranças e continuamos em silêncio lá dentro. Pelo menos há música para preencher o momento constrangedor. Não sei o que está acontecendo comigo. Parece que voltei para o início da adolescência e não sei muito bem como agir.

Desisto de continuar a beber e peço uma água no bar. Nicolas levanta as sobrancelhas, mas apenas dou de ombros. Não digo nada apesar de reparar que ele continua de mãos vazias.

Barbara, Gisele e Yuri me convidam para ficar mais perto das caixas de som, mas recuso. Nicolas tenta se manter ocupado mexendo no celular para que a pergunta não se estenda a ele, o que funciona perfeitamente. Então somos deixados sozinhos.

Eu me apoio no balcão e finjo que estou muito interessada em reconhecer as pessoas presentes. Porém, continuo a prestar atenção aos movimentos dele pela minha visão periférica. Não conversamos por uns dez minutos. Sei disso porque três músicas inteiras começam e terminam e nada acontece. Minha garrafa de água está quase vazia porque tomei quase tudo para me manter ocupada.

Já estou impaciente.

Olho para Nicolas e ele parece tranquilo. Também observa as pessoas e mexe a cabeça no ritmo da música. Tenho certeza de que ele sabe que o estou observando, porque faz o possível para não olhar em minha direção.

Vou precisar tomar a iniciativa.

— Ei — chamo, e ele olha para mim com a testa franzida. — Tá a fim de ir lá pra fora?

Ele estreita os olhos e vejo seus maxilares ficarem proeminentes. Certo, esse seu jeito de "observador de poucas palavras" está me deixando louca. Fico agoniada com caras quietos demais, que não contribuem para uma conversa interessante. Nicolas concorda e estende um braço para que eu vá na frente. Suspiro e agradeço por finalmente alguma coisa estar acontecendo.

Andamos até a mureta do mirante e eu me apoio de costas virada para ele. Infelizmente Nicolas se mantém a uma distância cuidadosa e esconde as mãos nos bolsos da calça. Assim como eu, ele não tem muita ideia do que fazer em seguida. Mas, em relação a impaciência, parece que eu estou ganhando.

— Separados por uma Manu, hein?

Nossa, que bosta eu acabei de falar? Ainda bem que ele acha graça e isso quebra o clima estranho.

— Pois é. Foi difícil lidar com ela no começo, mas depois me acostumei — diz ele e respira fundo antes de completar: — Sou mais do tipo que prefiro ficar na minha.

Se tem uma coisa que ele faz bem além de drinques, é *ficar na dele*. Isso eu já notei.

— Você mora aqui ou coisa assim? — Tento outra abordagem.

Ele nega.

— Faço faculdade em Pedra Azul, mas sou de Tubarão. Venho nos finais de semana pra Praia do Rosa pelo trabalho. Quero juntar uma grana pra poder me dedicar a uma pesquisa durante o semestre e não ter que depender de estágio ou algo do tipo enquanto estudo.

— Engraçado. Você não parece que faz a linha inteligente e dedicado, tá mais para *bad boy*.

Faço uma gracinha com a última palavra, o que deixa Nicolas levemente envergonhado, mas o faz rir. Ele se aproxima e também resolve se apoiar na mureta do mirante, ficando ao meu lado.

— Já tive minha época — admite. — Tenho que ter prioridades.

— Hum, pelo menos você não tá tentando esconder todo esse ar de mistério. Continua aí, cheio de enigmas.

Seus lábios se curvam em um sorriso.

— Pode ser.

— Argh, viu só?

— O quê?

— Todo cheio de poucas palavras e frases inconclusivas.

Seu sorriso fica ainda maior e ele estreita os olhos para mim.

— O que você quer saber?

A pergunta me pega de surpresa. O que eu quero saber, afinal? Não sei nem por onde começar.

— Qual conclusão você tirou de mim ontem à noite? — pergunto, séria.

Não faço ideia de por que fiz essa pergunta, talvez queira uma versão dos fatos de quem não é da família, alguém de fora que também nunca me ouviu reclamar. Alguém neutro para me confirmar que não estou errada.

Ele engole em seco e demora um tempo para responder. Noto que sempre avalia com cuidado o que vai dizer. É por isso que usa poucas palavras. Todas são bem pensadas e, se foram ditas em voz alta, é porque era exatamente aquilo que ele queria dizer.

— Eu vi muitas coisas ontem. Muitas histórias diferentes — começa. Ele engole em seco outra vez. Está novamente escolhendo as palavras certas. — Quando faço esses bicos como garçom, é como se todas as pessoas não me enxergassem, fico invisível, então escuto muita coisa. *Vejo* muita coisa.

Nicolas fala a palavra "vejo" como se fosse além do significado literal. Acabo me sentindo desconfortável com o que ele pode ter realmente visto em mim e na minha família.

— Famílias são complicadas, sabe? — continua ele depois do meu silêncio. — Todas têm problemas.

Concordo com a cabeça, mas meu olhar está fixo em algum ponto distante, próximo à entrada da balada. Tenho medo de que consiga ler tudo o que estou sentindo refletido em meus olhos.

— Mas foi engraçado você interromper o seu pai — comenta, quando fico em silêncio. — E falar aquilo na frente daquelas pessoas.

Dou risada ao me lembrar da cena. Agora que havia passado, consigo achar graça da situação.

— Foi culpa sua e das taças de champanhe que me deu — observo.

Ele levanta as mãos, se divertindo com a situação.

— Opa, desculpa, então.

Dou um empurrão de leve em seus ombros, e sorrio.

— Obrigada.

Ele assente e retribui o sorriso.

— Meu pai acha que eu fiz pra chamar atenção — digo baixinho e mordo o lábio.

— Bom, azar o dele, né?

Balanço a cabeça e fico em silêncio. Estou ficando um pouco desconfortável com o assunto. Mas o que posso fazer? Fui eu quem comecei. Eu mal falo sobre isso com pessoas próximas a mim, por que estou abrindo meu coração para esse estranho?

Nicolas percebe minha mudança de humor e logo tenta mudar de assunto.

— Vão ficar até quando na Praia do Rosa?

Respiro, aliviada pela conversa voltar para território neutro.

— Até o próximo domingo — respondo. — Segunda-feira, viajo para São Paulo. Vou fazer minha matrícula.

Ele estala a língua como se tentasse decidir sobre alguma coisa, então respira fundo e olha para mim.

— Vocês não estão a fim de fazer uma trilha depois de amanhã?

Faço uma careta.

— Trilha?

— Sim — responde ele, rindo. — Vai dizer que você faz a linha preguiçosa?

Preguiçosa deveria ser meu nome do meio, mas não quero admitir.

— Eu só não faço a linha esportista... Sabe como é... — digo ao levantar um dos braços e mostrar a pele que balança ao dar tchau.

Ele ri.

— Se servir de incentivo, o caminho nem é tão longo e vai até uma das praias mais bonitas daqui.

Meu olhar se volta para Nicolas e percebo que ele ergue as sobrancelhas com expectativa.

Bom, do que adianta eu querer aproveitar o verão se só vou até as praias que conheço? Se escolhi vir para cá novamente, tenho que, no mínimo, fazer alguma coisa nova. Não é?

— Tudo bem — aceito.

Ele sorri, vitorioso.

— A gente vai pegar a trilha até a Praia Vermelha indo pela costa norte — explica. — Vamos bem cedo pra não andar embaixo do sol forte e aproveitar bastante o dia.

Suspiro, já cansada, pensando em todo o esforço que vem pela frente. Espero que a praia realmente valha a pena.

— Ainda bem que vai ser só no domingo. Duvido que meus amigos vão conseguir acordar muito cedo depois de hoje.

Daqui é possível ver seus vultos pelos grandes vidros da balada. Eles não prestam atenção ao que acontece do lado de fora. Estão empolgados demais com a música e com as bebidas que seguram nas mãos.

— É legal?

Nicolas olha para mim confuso.

— Legal o quê?

— A faculdade — respondo. — É realmente tudo isso que dizem?

Ele sorri e cruza os braços. O movimento faz com que os músculos fiquem mais proeminentes e volto a ver a tatuagem. A curiosidade sobre a continuação dela me invade.

— A galera pensa que é como aquele filme, *American Pie*.

Balanço a cabeça, concordando.

— Mas basicamente você estuda o que gosta e tem trocentas responsabilidades a mais — explica e então suspira. — Não tem muita vantagem.

— Mas não é nem um pouco parecido com *American Pie*?

Faço uma expressão de decepção forçada e ele solta uma risada.

— Se você for corajosa o bastante para ir às festas da atlética, provavelmente vai ter a dose de *American Pie* que tanto espera.

— Você não vai às festas? — pergunto, intrigada.

Ele balança a cabeça.

— Não é muito a minha praia.

— Então o que você está fazendo aqui?

Nicolas olha para mim.

— Eu estava trabalhando, lembra?

— Mas já terminou e continua aqui agora — insisto.

Os lábios dele se curvam em um sorriso

— Acho que você sabe o motivo.

Apesar de ser a resposta que eu esperava, não escapo de ficar sem graça, então me viro de costas e encaro as árvores. Meu rosto fica na penumbra e isso impede que Nicolas tente ler minha expressão. A pouca intimidade que se formou entre nós dois me impede de agir como normalmente ajo quando quero ficar com algum cara. É um terreno perigoso estabelecer uma conexão com alguém, porque é aí que as expectativas começam a ser construídas. É por isso que decido não ir além. Eu poderia escapar mais uma semana ilesa antes de começar a minha nova vida.

Certo?

NÃO ficar bêbada ontem à noite foi a melhor coisa que eu poderia ter feito. Por causa disso, sou a única que consegue acordar sem problema algum na manhã seguinte. Enquanto Gisele só se comunica por gemidos e Yuri e Barbara nem saíram do quarto, eu preparo café e me sento em um dos sofás confortáveis de frente para uma das grandes janelas da sala.

Ainda é cedo, mas já consigo ver algumas pessoas se preparando com cadeiras, chapéus e trajes de banho para chegar na praia a tempo de garantir um bom lugar na areia. Queria me juntar a elas, mas, se depender da ressaca dos meus amigos, não iremos sair hoje. Desde pequena sou uma rata de praia e, por mim, acamparia na areia e não sairia.

Não faço ideia do que fazer sozinha para passar o tempo. Na correria da preparação da mala, havia esquecido de trazer um livro e agora estou aqui completamente entediada. Suspiro e considero começar a fazer barulho — quem sabe a casa acorda.

Ok, não vou fazer isso.

Alcanço o celular que está na mesa de centro para ler as novidades do Facebook, mas um ícone diferente chama minha atenção. Desde que instalei o aplicativo de relacionamento, não abri para ver quem apareceria por lá. Dessa vez, não iria me decepcionar com aquela mensagem de que não havia ninguém por perto, certo?

Abro o Happn e espero alguns segundos pela atualização da linha do tempo. Algumas fotos aparecem e começo a análise.

Esse não, muito velho.

Xis.

Esse nem pensar, cara de problemático.

Xis.

Hum, esse parece interessante.

Abro o perfil para dar uma olhada nas outras fotos e ele é realmente muito bonito. Tem vinte anos, é do Rio Grande do Sul e tem uma foto de cachorro que me convence de que deve ser uma boa pessoa.

Coração.

Volto para a linha do tempo e passo mais alguns minutos analisando os perfis dos homens que cruzaram meu caminho entre ontem e hoje. Dou "curtir" em uns cinco e dois avisos de combinação surgem na tela.

Quando chego aos últimos perfis, um rosto me paralisa.

— Mas que perseguição é essa?

Olho para cima.

— Tá me testando, destino?

Meu coração está disparado e não sei muito bem como agir. O certo seria ignorar e apertar xis agora mesmo, fingindo que nunca aconteceu. Mas alguma coisa me impede. Sinto o corpo aquecer e meu coração dá um pulo.

Se ele apareceu no meu Happn, isso quer dizer que está próximo de mim, que nos cruzamos em algum momento. Mas como é possível? Não o vi na festa de ontem. Será que de alguma forma nos cruzamos durante o trajeto?

Como se não bastasse o meu coração estar prestes a sair pela boca, o meu estômago começa a dar sinais de que essa informação mexe muito mais comigo do que esperava.

Desligo a tela do celular e o jogo de lado. Depois penso no que fazer.

Errado.

Errado.

Errado.

Eu não posso esperar pelo depois. Isso vai dar merda, isso vai dar merda. Uma bola se formou na minha garganta e fica difícil respirar. Cadê a Gisele? Cadê ela para me dizer o certo? Para me convencer que devo acabar com isso *agora*.

Levanto e dou algumas voltas pela sala para liberar um pouco a ansiedade.

Não entendo por que uma simples foto está me tirando muito mais do sério do que ele ter aparecido na minha frente, com aquele jeito cínico e apaixonante.

Apaixonante?

NÃO!

Não era apaixonante!

Lá no fundo, bem no fundo, sei que não devo fazer o que pretendo fazer, mas não tem ninguém para me impedir. Lá no fundo da minha mente, um aviso brilha como o farol da praia. Como se quisesse me alertar do perigo iminente que será ignorado por completo.

Eu evoluí, certo? Não tenho como cair nessa novamente.

Apanho o celular e abro o perfil de Murilo.

Por que esses últimos dois anos tiveram que fazer tão bem a ele? Ele está ainda mais lindo!

Lembro o quanto estava maravilhoso de terno no dia do jantar na minha casa e suspiro. Gisele tem razão, ele é meu bicho-papão.

Passo mais duas fotos e dou de cara com uma que conheço muito bem. Está impressa na minha memória com todos os detalhes, porque fui eu que tirei. Uma avalanche de lembranças me domina e sinto vontade de chorar. Ele não olha para a foto, apenas observa o mar com tranquilidade, e o nascer do sol em segundo plano contrasta com seu perfil.

Tirei a foto com a câmera analógica que tinha ganhado de aniversário dois meses antes. Eu estava tão animada com o novo brinquedo que tirava fotos de todas as coisas bonitas que via pela frente. Ele era uma delas.

Revelei o filme alguns dias depois e o presenteei com esta única foto na véspera de tudo acabar. Eu me arrependo até hoje do que escrevi no verso. Não porque era mentira, mas por ser tão verdade que soou quase como uma profecia.

Lembrarei para sempre dessa história de verão.

Não sei se pela nostalgia, pela carência momentânea ou pela inocência incoerente, eu clico no coração. Fico sem ar ao perceber o que fiz, porque no mesmo instante um aviso aparece.

Deu match!

E eu quero me esconder.

Que merda eu fiz?

Meu sofrimento pela burrice inesperada dura apenas alguns minutos — logo ele se transforma em pânico e não tem ninguém acordado na casa para me ajudar e evitar que eu faça mais besteira.

Para falar a verdade, nem sei se quero que alguém acorde. Não vou ser capaz de explicar o que acabei de fazer. Não tenho nem coragem de admitir para mim mesma.

Um aviso de notificação pula na tela.

Uma nova mensagem de Murilo.

Não tenho como evitá-lo dessa vez. Acabei de dar um belo anúncio que ainda estou interessada.

Como vou me livrar disso? COMO?

Tantos anos de aprendizado sobre caras e sobre mim mesma e vai tudo por água abaixo por causa de um aplicativo? Maldita hora que a Gisele foi sugerir que eu baixasse isso. Posso culpá-la pelas consequências? Certamente não. Mas eu realmente queria ter alguém para colocar a culpa, porque ter o coração partido uma vez é inevitável, mas deixar que a mesma pessoa entre novamente na sua vida é... falta de amor-próprio.

O mais estranho é que eu realmente sei tudo isso. Sei que não deveria estar nem cogitando respondê-lo. Deveria continuar a minha vida e fingir que nada aconteceu. Tentar evitá-lo ao máximo. Em alguns dias, não estarei mais em Santa Catarina. Estarei bem longe, linda e plena em São Paulo, e não tenho motivos para deixá-lo desgraçar a minha cabeça novamente.

Eu sei tudo isso, mas faço completamente o contrário do que a razão me diz para fazer. Abro a conversa, porque, infelizmente, o aplicativo não mostra nenhuma prévia do que ele escreveu; estou tomada pela curiosidade.

> **Murilo**
> Gostei desse match, hahaha.
> 10:59

Tento sentir repulsa, mas acontece o contrário.

Cadê? Cadê a raiva?

Por que a raiva não veio?

Por que nada está me impedindo de digitar uma resposta?

Lá vou eu de novo.

> **Ana Luísa**
> Hahaha
> 11:05

> **Ana Luísa**
> Foi só um teste.
> 11:05

Não estou mentindo. A vontade de saber se ele também clicaria no coração foi um dos motivos de eu ter feito essa cagada. Saber que ele fez exatamente o mesmo que eu não me deixou feliz. Na verdade, foi a pior coisa que poderia ter acontecido.

> **Murilo**
> Um teste? Não entendi.
> 11:10

> **Ana Luísa**
> Sim.
> 11:16

> **Ana Luísa**
> Se isso daria alguma coisa depois de tudo que aconteceu com a gente.
> 11:16

O alerta de perigo continua a piscar na minha cabeça, mas agora não dou atenção alguma. Qual é o meu problema?

> **Murilo**
> Hummm... entendi.
> 11:17

Será que ele se lembra do que fez? Será que sabe tudo o que eu sofri? Será que se *importa*?

Não consigo desgrudar os olhos do celular e do aviso de que ele está escrevendo. Estou nervosa com o que pode aparecer na tela.

> **Murilo**
> E aí? Como anda a vida?
> 11:20

Balanço a cabeça, frustrada. É claro que ele não tocaria no assunto. Caminharia pelo terreno neutro e tentaria se aproximar com cuidado. Um esperto caçador prestes a capturar a próxima presa. De novo.

Uma vontade de finalmente discutir tudo que a gente nunca conversou toma conta de mim. Preciso desabafar. Preciso falar tudo que nunca falei. Sinto que só assim vou conseguir colocar um ponto final e seguir em frente. Só assim poderei finalmente superar. Então resolvo jogar o jogo e ver até que ponto ele vai. Até onde ele teria coragem de avançar. Só espero que ele saiba que não estou aqui para perder.

Respiro fundo, digito uma resposta e envio no mesmo minuto que Gisele desce a escada. Olho em sua direção, assustada, entregando que certamente estou fazendo alguma coisa que não deveria. Ela estreita os olhos, continuando a andar com cuidado por causa dos efeitos da bebedeira de ontem.

— Você aprontou alguma coisa — conclui, e aponta o dedo.

Engulo em seco.

— Mas não vai me falar agora, porque estou morrendo de dor de cabeça — completa e segue para a cozinha em busca de algum remédio.

Quase viro uma gelatina de tanto alívio.

Vou contar para Gisele, é claro, mas preciso escolher as palavras certas para mostrar que tenho certeza do que estou fazendo. Ainda que, neste momento, eu não saiba o que estou fazendo.

— Tenho analgésico na minha bolsa. Quer?

Ela olha para mim e sorri agradecida.

— Por favor?

Deixo o celular de lado, ignorando a notificação de nova mensagem, e vou buscar o remédio. Não quero que Gisele preste muita atenção em mim, tenho certeza que conseguiria ler minha expressão e praticamente adivinharia tudo que estou escondendo. Sei que isso não é certo, mas agradeço mentalmente por sua ressaca, pelo menos esse inconveniente me daria mais algum tempo.

QUANDO aceitei fazer a trilha até a Praia Vermelha, pensei apenas no destino final e nas fotos lindas que eu já vira do local. O problema é que a gente já está andando há horas, sem previsão de quando vai acabar. Olho para Gisele e Yuri, mas eles não parecem menos animados do que quando contei sobre a trilha. Sou a única sofrendo. Sinto inveja da Barbara, que desfrutará do conforto da cama até meio-dia.

— É logo ali na frente, Analu — responde Nicolas, impaciente, quando pergunto pela milésima vez se já estamos chegando.

Estou carregando apenas uma bolsa com meus apetrechos de praia, mas parece que estou transportando chumbo. Enquanto isso, Nicolas e seus amigos, que estão levando pranchas nos braços, andam sem esforço e desviam dos galhos com tranquilidade. Parece que estão fazendo um passeio no shopping.

O cenário é incrível, admito. Quando paramos de subir pelo morro do canto norte da Praia do Rosa, somos praticamente engolidos pela Mata Atlântica. O sol passa com cuidado pelas árvores e por isso o ar é mais fresco e a umidade da mata traz um clima relaxante para a trilha.

Consigo ouvir as cigarras e os passarinhos cantando como se entrassem em harmonia com o som das ondas no mar — que ficava cada vez mais alto.

O som do mar deixa Nicolas animado. Eu entendo o seu olhar, o reconhecimento de que hoje é um bom dia para surfar. Mordo o lábio ao me lembrar de Murilo mais uma vez. Nos últimos dois anos, foram poucas as vezes que ele surgiu na minha mente, mas na última semana ele simplesmente não saía dela.

— Ainda bem que não vou pra muito longe — diz Gisele, interrompendo a minha linha de pensamento, que avançava para um terreno perigoso.

Ela respira fundo e observa um pedaço do céu que aparece em meio às árvores, então desvia seu olhar para mim. Gisele percebe minha expressão confusa e então completa:

— A faculdade. Ainda bem que não vou pra longe, sentiria falta de lugares como esse.

Não consigo esconder um leve ar de tristeza por causa do comentário. Ela tem razão. Ao contrário dela, vou para bem longe. Para a selva de pedra de São Paulo.

Infelizmente vou sentir falta daqui também e esse pensamento me surpreende. Desde que tudo aquilo aconteceu com Murilo, sempre associo a Praia do Rosa a lembranças ruins. O fato de eu perceber que sentiria falta deste lugar me fez levar em consideração que Gisele tinha razão novamente.

Criei novas memórias. Pena que não consegui substituir as antigas. Ainda.

Quando chegamos à praia, fico sem palavras. Aquela imensidão do mar é linda e inexplicável. Ainda estamos em cima do morro e precisamos descer pelo caminho de pedras que forma uma espécie de escada. Aqui de cima é possível ver a faixa de areia abraçada pela mata e o mar revolto formando as ondas que Nicolas e seus amigos tanto esperavam encontrar.

— É assim tão vazia? — pergunto, surpresa.

— Não vem muita gente aqui, mas aposto que está vazia porque ainda é cedo — responde Nicolas. — A galera do surfe vai chegar logo, tenho certeza que a notícia que o mar tá bom vai se espalhar rápido.

Ele faz um gesto com a cabeça em direção a Vinicius, um de seus amigos, que já estava digitando alguma coisa no celular.

— A gente tem um grupo pra isso, logo, logo deve chegar mais uma galera.

Quando chegamos perto das pedras, Nicolas me ajuda a descer e enfim estamos na praia. Diferente das outras praias, meus pés não afundam na areia, é mais úmida e firme.

Temos a praia inteira e isso quer dizer que podemos escolher qualquer lugar para nos acomodarmos. Escolhemos bem o meio, dali conseguimos ter a visão completa daquele paraíso.

Além de Vinicius, Nicolas estava acompanhado de outro amigo, Roger, e assim que chegam na areia, começam rapidamente a se preparar para entrar na água. Todos estão vestindo aquela roupa de borracha dos surfistas, o que deixa cada parte do corpo bem *visível*. Passo algum tempo admirando Nicolas fechar o macacão. Meu olhar acompanha o zíper subindo por suas costas e sinto minhas bochechas esquentarem. Ele é muito mais bonito a luz do dia, com o sol batendo em seu rosto anguloso. Ao perceber a minha atenção exagerada, um sorriso malandro se forma em seus lábios. Sorrio em resposta e dou uma piscadela. Ele apenas balança a cabeça e ajeita a prancha embaixo do braço.

Essa troca de olhares é divertida. Algo novo, sem preocupação, sem história dramática. Não pretendo ficar com Nicolas, mas essa fase de flerte sem compromisso ou esperança por algo mais me deixa animada.

Nicolas e Roger entram na água primeiro, Yuri decidiu que hoje aprenderia a surfar e Vinicius assumiu a função de ensiná-lo. Ninguém tem esperanças de que isso realmente seja possível, mas o meu amigo parece bem comprometido com a missão. Eles se aproximam da água, mas Vinicius insiste que ele aprenda os conceitos básicos ainda na areia.

— Não era você que queria aprender a surfar? — pergunta Gisele, quando nos sentamos na areia.

— Hoje eu quero só admirar — respondo, sorrindo com malícia.

Ela joga sua camiseta em mim.

— Safada!

— Safada não, admiradora de corpos bonitos.

Nicolas e Roger estão parados na beira da água, analisando o mar e os movimentos das ondas. Ficaram animados com a altura, mas agora precisavam entender como elas estão se comportando.

— Acho que ele seria uma ótima última lembrança.

Gisele chama minha atenção e eu me viro para ela, cobrindo os olhos para enxergá-la sob o sol.

— O quê?

— Nicolas — responde. — É um cara legal. Acho que seria bom pra você viver uma coisa tranquila antes de se mudar.

Faço que não com a cabeça.

— A gente já se envolveu e começar algo agora não seria saudável pra nenhum dos dois. Seria ótimo se fosse só uma vez, se não tivéssemos construído um laço — falo, e olho para Nicolas. — No fim das contas, doeria mais do que faria bem.

Gisele dá de ombros.

— Você que sabe... Eu sei separar muito bem as coisas. Preciso de muito mais pra me envolver emocionalmente.

— Sabe que não sou assim.

— Esse é o problema. Você é oito ou oitenta. Ou caga pro cara ou se apega demais.

Puxo meus joelhos, envolvendo-os com os braços, então viro o rosto para Gisele e sustento seu olhar por alguns segundos sem sorrir.

— Não há nada que eu possa fazer. É por isso que sempre me afasto quando sei que é a segunda opção que vai acontecer. Já me machuquei demais e prometi a mim mesma que não vou mais deixar isso acontecer.

Gisele suspira, mas não diz nada. Ela sabe que tenho razão.

Eu estava distraída enquanto pegava sol, quando Murilo chegou correndo, largou a prancha de lado e se jogou todo molhado em cima de mim. Deixei escapar um gritinho ridículo de susto, que foi o que faltava para ele me molhar ainda mais. Ele balançava a cabeça, fazendo com que o cabelo molhado, que não via um corte há algum tempo, espalhasse água gelada por todos os lados.

— Paraaaaaa! — tentei impedir, achando graça, mas isso só o incentivava. Por fim, ele se deitou do meu lado e começou a distribuir beijinhos pelo meu rosto até chegar na minha boca.

Estávamos sozinhos. Já fazia duas semanas que estávamos juntos e eu tinha quase certeza que era tudo um sonho. Tínhamos nos encontrado todos os dias desde o réveillon, mas em breve eu teria que viajar com meus pais e ficaria longe por pelo menos uma semana. Estava apreensiva de me afastar, mas ansiosa para que a viagem passasse logo e eu pudesse curtir mais dias com ele de novo.

Eu não sabia o que estava rolando entre a gente e não tinha coragem de tocar no assunto. Tinha a sensação que qualquer definição poderia desestabilizar o que havíamos construído. Era fácil demais. Era gostoso demais. Era fantástico. Por que eu deveria me preocupar com isso?

— Vai rolar um churrasco lá em casa hoje, tá a fim de ir? — Murilo perguntou como se tivesse me convidando para ir na padaria.

— Na sua casa? — repeti. — Com seus pais?

Será que para ele estava começando a virar algo mais sério?

— Não, não... — respondeu, rindo. — Eles vão viajar e convidei a galera para ir lá em casa.

Murilo se aproximou e me deu um beijo de leve nos lábios.

— E aí, tá a fim?

Ele não iria me apresentar para os pais, claro. Até parece! Mas estava me convidando para participar de algo com ele, na casa dele, com seus amigos.

Observei uma gota de água salgada escorrer pelo rosto dele, parando antes de tocar seus lábios.

— Claro! — respondi, com um sorriso, e me aproximei para surpreendê-lo com outro beijo. — Posso levar o Yuri e a Gisele?

— Que pergunta, hein? É óbvio. — Ele respondeu e deitou de costas na areia, virando praticamente um Murilo à milanesa. — O Marco vai adorar!

Um sorriso safado de cumplicidade escapou dos seus olhos, e dei uma gargalhada. Claro que já estava tudo premeditado.

— Homens... — murmurei, balançando a cabeça.

— Mulheres... — rebateu Murilo, se divertindo.

Joguei um punhado de areia nele e ele me encarou, fingindo estar bravo e devolvendo o gesto de pirraça.

— Só mais uma semana — deixei escapar tristemente, depois que a guerra de areia terminou.

Murilo franziu o cenho, e finalmente pareceu entender o que eu tinha dito.

— A gente vai aproveitar bem — declarou, fazendo um biquinho para me beijar. Sorri, conformada, e virei o rosto, tentando evitar um beijo arenoso esfoliante.

— Espero que a gente aproveite sem a parte da areia então.

Ele se levantou rapidamente e me puxou junto com ele.

— Não seja por isso...

— Não falei? — Nicolas diz quando senta ao meu lado depois de deixar a prancha na areia e tirar a parte de cima da roupa de borracha.

Levanto as sobrancelhas sem entender.

— Tá cheio de gente agora.

Depois de uma hora, a praia já está mais movimentada. Nicolas tinha razão: a notícia sobre as ondas se espalhou e vários surfistas apareceram.

— Pelo menos não é igual à Rosa Norte — falo.

— Os carros não chegam até aqui, então várias pessoas deixam de vir por causa da trilha.

Ele inclina a cabeça e levanta uma das sobrancelhas. Eu o empurro de leve com os ombros, o que acaba fazendo com o que eu me molhe com a água gelada que ainda escorre dos seus braços.

— Eu consegui chegar, só fui um pouco chata no caminho — disparo.

— Um pouco?

Estreito os olhos para ele, ameaçadora.

— Tá, tá... Você foi ótima. Uma verdadeira vencedora.

Balanço a cabeça, concordando. Agora sim.

— Não vai entrar no mar?

— Nem pensar — respondo rapidamente. — A água tá muito gelada.

Afasto-me dele indicando que ele também está gelado. Foi a deixa que ele precisava para me provocar ainda mais. Quando percebe que o fato de ele estar molhado me incomoda, na mesma hora começa a se aproximar e eu me afasto em resposta.

— Não... — alerto.

Ele não vai fazer isso, vai?

Nicolas estreita os olhos e sorri, como se tramasse um plano infalível.

Levanto rapidamente e ele dispara atrás de mim. Não tenho muito fôlego, mas consigo percorrer uma distância aceitável antes que ele me alcance. Nicolas me ergue sobre os ombros e me leva até o mar.

— Me soltaaaaaa — imploro.

— Se você não tivesse corrido eu nem iria te levar pro mar. — Ele se defende.

— O meu cabelo, Nicolaaaas... — Estou praticamente choramingando.

— Você não vai molhar o cabelo, prometo.

— Mas a água tá gelada!

— Você não vai morrer por causa disso.

Ele já está sem fôlego pela corrida e por aguentar todo o meu peso nos braços, mas isso não me dá vantagem, porque não consigo me livrar antes de chegar na água.

Achei que ele ia simplesmente me jogar dentro do mar, mas não. Nicolas entra na água, avançando aos poucos para o fundo comigo ainda em seus braços. Já desisti de lutar e estou de olhos fechados, esperando o susto da onda fria batendo em mim.

Quando ele para de andar, me desce até o seu peito e eu rapidamente prendo a respiração com a água gelada. Relaxo quando meu corpo se acostuma com a temperatura. Nicolas ainda me mantém próxima, num abraço frouxo. Engulo em seco porque estou nervosa com a proximidade e com o toque. Ainda não tive coragem de encará-lo, porque sei que, ao fazer isso, talvez não consiga me segurar.

Nicolas me segura pela cintura e me levanta a cada onda para que eu não molhe a cabeça. Ele percebe que não estou olhando para ele e então coloca a mão em meu queixo, virando meu rosto em sua direção.

— Eu quero muito te beijar agora.

Só a menção da palavra "beijar" faz meu coração disparar, e tenho certeza que ele consegue sentir o meu peito subindo e descendo em uma velocidade fora do normal. Minha garganta fica seca e desvio o olhar para baixo, mas dou de cara com o seu peito e... puta merda, que peitoral. Não era minha imaginação: a tatuagem realmente faz o caminho esperado. Fico sem fôlego.

Passamos tempo demais concentrados um no outro e esquecemos que estamos no meio do mar extremamente agitado. Por isso não percebemos quando uma onda se forma nas minhas costas, a não ser quando ela nos atinge em cheio e vamos parar debaixo d'água. O susto me deixa apavorada e levo um tempo para conseguir me firmar — só consigo recuperar a visão depois que Nicolas me ergue. Meu cabelo fica todo grudado no rosto e tenho certeza que pareço o monstro do lago Ness.

— Meu deus, desculpa! — diz ele enquanto tento enxugar os olhos — Eu não vi...

— Relaxa, não vi também.

— Mas você tava de costas, óbvio que não veria.

E você estava olhando para a minha boca, é o que eu queria dizer, mas me contenho. Tento me recompor e arrumo o cabelo para trás ao sairmos do mar, voltando até onde nossos amigos estão. Procuro por uma toalha para me enxugar e me sento ao lado de Gisele.

— Que caldo, hein! — comenta Roger, rindo para o amigo.

Nicolas dispara um olhar cortante e ele apenas levanta os braços como quem se rende.

— Desculpa, cara... — pede Nicolas mais uma vez, passando as mãos na nuca. Tenho certeza que dessa vez o pedido de desculpas não é apenas pela onda.

Nós dois estamos pensando no que estava prestes a acontecer, se a onda não tivesse nos pegado. Uma parte de mim queria que tivesse acontecido, mas a outra fica extremamente aliviada que o mar soubesse direitinho o que fazer para nos impedir de cometer um erro.

— Ei, Roger, me empresta a prancha? — pergunta Vinicius ao se aproximar da gente com Yuri logo atrás. — Ele vai tentar pegar uma onda.

— Tem certeza?

Gisele olha para Yuri e ele apenas assente, tranquilo. Nem um pouco parecido com o Yuri dos últimos dias.

— Pô, a minha prancha, cara? — pergunta Roger.

— Sou eu quem vou usar — responde Vinicius.

— Aí é que tá — brinca Roger, mas libera a prancha para o amigo.

Observamos enquanto Vinicius e Yuri entram no mar e meu amigo tenta pegar sua primeira onda. Agradeço o fato de que isso acabou tirando atenção do que aconteceu antes. Desvio o olhar para Nicolas e ele parece sentir, pois na mesma hora vira o rosto para mim. Sorrio para tranquilizá-lo e ele faz o mesmo.

Está tudo bem.

Eu espero.

10

NA TERÇA-FEIRA, recebo uma mensagem de Murilo me convidando para ir até o Centrinho do Rosa para uma conversa. Tenho um pressentimento que isso vai muito além de conversa, mas a vontade de finalmente colocar os pingos nos is me faz aceitar o convite. Desde que ele fez questão de ficar com outra na mesma festa em que estávamos e trazer a garota para o meu lado, nunca mais conversamos. Eu entendo que não estávamos namorando, mas o mínimo que se espera um do outro numa situação dessas é não beijar outra pessoa na *mesma* festa. Menos ainda trazê-la para nossa roda de amigos. Ainda me lembro dos olhares diretos que ele me lançava enquanto a garota estava agarrada ao seu corpo. Dá pra acreditar? Porque até hoje eu começo a rir de tão otária que fui.

— Você tem certeza? — pergunta Gisele, vindo atrás de mim enquanto eu desço a escada. Já é a terceira vez que ela me questiona a mesma coisa.

Paro abruptamente e olho séria para ela.

— Tenho.

Gisele respira fundo e assente.

— Você é dona do seu nariz — diz ela, cruzando os braços e mordendo os lábios.

Ela não é a favor disso e está apreensiva.

— Isso mesmo. Sei o que estou fazendo — confirmo. Mais para mim do que para ela.

Para falar a verdade, ainda não sei o que estou fazendo, mas espero que seja o caminho certo para resolver essa pendência que vem me incomodando há dois anos. Quero começar a nova fase da minha vida com a alma leve, sem ser assombrada pelos traumas do passado.

— Só não faz besteira — pede Gisele.

— Não vou fazer — prometo e tento dar um sorriso tranquilizador, mas não pareço muito confiante.

— Eu só não quero ter que dizer "eu te avisei" em uns dias — diz suavemente. — Sabe que, no quesito envolvimento, pra você o Murilo não é o oito, mas o oitenta, né?

Engulo em seco.

— Infelizmente ele não é nem o oitenta e sim o oitocentos mil — admito. Reconheço que ele foi o cara que mais mexeu comigo. Consigo até assumir que foi o único pelo qual me apaixonei, porém isso não quer dizer que vou me esquecer de tudo que me fez passar. Por isso tento assumir uma postura confiante e sorrio para Gisele. — É só uma conversa, não vai acontecer nada demais. Você vai ver.

Gisele me encara, cética, e dou um beijo no seu rosto. Ela não fala mais nada. Ao fechar a porta, deixo escapar um suspiro e toda confiança vai embora.

Mas que merda estou fazendo?

Marcamos de nos encontrar em um barzinho pequeno próximo à Pousada do Mirante. Não é o tipo de bar popular, então não está cheio quando chego. Para falar a verdade, está bem vazio. Murilo já está sentado em uma das mesas e concentrado em alguma coisa no celular. Ele está de costas e não percebe minha aproximação, então pigarreio quando chego.

Ele olha para mim surpreso e depois sorri aliviado, se levantando para me cumprimentar. Estou tensa, não sei muito bem o que fazer com as mãos. Escondo? Coloco nos bolsos da calça jeans? Estendo para cumprimentá-lo? Meu estômago se revira com a proximidade entre nós; aquele dia, na minha casa, pareceu muito mais fácil.

No fim, ele faz todo o trabalho de decidir — me dá um beijo demorado no rosto e um meio abraço sem jeito.

— Que bom que você veio — diz, enquanto volta a se sentar.

— É claro que vim. Eu cumpro o que prometo.

Pá!

Eu vim pensando como agiria com Murilo e decidi que o trataria com educação, mas a primeira coisa que faço é dar uma resposta cortante me referindo ao nosso passado.

Ele entende o que eu digo e engole em seco.

— Desculpa, eu não... — começo.

— Tudo bem, eu mereci — ele me interrompe e indica a cadeira na sua frente. — Senta...

Ainda bem que fui interrompida. Que história é essa de pedir desculpas?

Penduro a bolsa e me sento. Minhas mãos estão geladas e não paro de apertá-las com força, como se a pressão pudesse disfarçar o que está acontecendo no meu peito agora. Ele percebe meu nervosismo e tenta recomeçar a conversa por um caminho mais seguro.

Dou um sorriso tímido. Ele se lembra das nossas conversas. Lembra de quando eu divagava sobre as coisas que gostaria de realizar quando enfim me formasse. Estava no primeiro ano do ensino médio, mas já fazia planos para tudo que viria a seguir. Ainda bem que evitei contar a parte dos mesmos sonhos onde ele estava presente.

Um nó se forma na minha garganta e não consigo confirmar em voz alta, apenas concordo com a cabeça.

— Só não precisava ser tão longe, né? — brinca.

Inclino a cabeça com a testa franzida.

— Isso é um problema? — pergunto, e escondo as mãos embaixo da mesa.

— De certa forma, sim — responde ele, se mexendo na cadeira. — Não esperava que você fosse embora.

Levanto uma das sobrancelhas. Ele parou para pensar em mim?

— Você foi embora, por que eu não poderia fazer o mesmo?

Murilo pigarreia e suspira.

— É... sim.

Ele pega o potinho de palitos e começa a brincar com ele entre os dedos, evitando olhar para mim.

— Então? — Tento incentivá-lo a responder.

— É, você tem razão. — Concorda com a cabeça.

— Não faz sentido.

Ele me lança um sorriso rápido e faz um sinal com a mão para chamar o garçom. Está claramente tentando mudar de assunto.

— Quero uma cerveja, por favor — diz para o garçom e depois olha para mim.

— Uma pra mim também — respondo.

O garçom assente e vai embora.

— Quando você se muda? — Ele volta a me colocar no centro da conversa.

— Na semana que vem viajo pra fazer a matrícula e procurar apartamento — respondo e coloco uma mecha de cabelo atrás da orelha. — As aulas começam depois do Carnaval.

— Você volta para o Carnaval?

— Acho que não.

O garçom chega com as cervejas e Murilo agradece.

— Por que não? — pergunta quando o garçom se afasta.

Franzo as sobrancelhas.

— Não sei — respondo, dando de ombros. — Não pensei sobre isso, pra falar a verdade. Só quero ir logo.

Murilo assente e bebe um gole da cerveja. Aproveito para fazer o mesmo.

— E você? Tá fazendo o quê? — pergunto, tentando desviar a atenção para ele. Dessa vez parece ser um assunto seguro, porque finalmente ouço uma resposta completa:

— Fiz dois anos de Engenharia Civil em Porto Alegre, agora pedi transferência pra Tubarão — declara e toma mais um gole da cerveja. — Meu pai quer que eu comece a trabalhar com ele.

O tiro veio e eu nem percebi.

Ele está de volta a Tubarão, então? Por isso perguntou por que eu ia pra tão longe? Não faz sentido! Por que ele se importaria?

— Que triste. Vai ter que voltar pra cidade pequena — digo com um sorriso, tentando disfarçar o fato de que a notícia me abalou profundamente. — Nada mudou, então sinto muito.

Murilo me olha com intensidade.

— Eu não tenho tanta certeza.

Desvio o olhar para a garrafa e a levo à boca. Essa conversa está tomando um rumo que eu não queria. Era fácil ignorar o que eu sentia pelo Murilo, sendo bom ou ruim, quando não sabia mais da sua existência. Havia bloqueado seu perfil em todas as redes sociais e, como ele estava no último ano da escola quando ficamos juntos, só precisei conviver com ele nos intervalos das aulas por mais alguns meses. Depois da formatura, nunca mais o vi. Foi bom ele ter se mudado para tão longe, e é melhor ainda que eu esteja fazendo o mesmo agora que ele está de volta.

Murilo se encosta na cadeira e inclina a cabeça.

— Você não acha que foi o destino?

— O que foi o destino? — pergunto, sem entender.

— A gente voltar a se encontrar aqui, na Praia do Rosa.

— Na verdade, a gente voltou a se encontrar na minha casa — corrijo.

Ele concorda com a cabeça.

— Mas a gente voltou a se falar aqui. Você meio que me ignorou aquele dia.

Agora eu me pergunto se não deveria ter continuado a ignorar.

— Não acho que seja o destino — rebato. — Talvez seja carma.

Murilo se debruça sobre a mesa e levanta uma das sobrancelhas.

— Carma?

A aproximação dele me pega de surpresa, então me afasto. Achei que estivesse vacinada, mas ver que ele ainda me afeta tanto está me incomodando.

— Sim. Vai ver a gente só precisa colocar um ponto final nisso tudo e cada um seguir seu caminho — digo, voltando a responder com irritação. Não poderia admitir o contrário.

Ele faz um beicinho.

— Não gostei da parte do ponto final.

Rio sem achar graça.

140

— Você quer o quê? Que as coisas continuem como se nada tivesse acontecido?

Ele fica sério.

— Quero que as coisas simplesmente continuem — responde e bebe mais um pouco da cerveja. — Podemos ser amigos de novo.

Cruzo os braços e balanço a cabeça. É só o que me falta mesmo. Ele é muito cara de pau.

— Amigos? Não funciona desse jeito, Murilo. Você me machucou bastante.

Ele balança a cabeça lentamente, concordando. Brinca com a garrafa de cerveja fazendo desenhos na mesa com a parte molhada, então para e olha para mim.

— Você também não deixou por menos.

É claro que ele iria falar disso. Óbvio que tentaria aliviar sua culpa de alguma forma. Murilo está se referindo ao que fiz depois que ele apareceu com a garota na minha frente. Mas nada se compara ao fato de que foi ele quem começou, ele estragou tudo. Não vou mentir, o que fiz foi com intenção de machucá-lo, assim como ele havia feito comigo. Mas até então eu não sabia que ele realmente havia se importado.

Ele sustenta meu olhar por muito tempo e sinto que as lágrimas vão chegar a qualquer momento. Não quero chorar na frente dele, não posso dar esse gostinho. Já fui humilhada demais naquela época quando ele me viu chorar no colo das minhas amigas, durante a festa, e não pareceu sentir remorso algum.

Bebo rapidamente mais alguns goles da cerveja e desvio o olhar. Observo as pessoas andando felizes pelas ruas de paralelepípedo e as luzinhas penduradas nas lojinhas e bares do outro lado da calçada. O Centrinho parecia uma cidade *hipster* que tinha saído diretamente do Pinterest.

— Só fiz aquilo porque eu estava com raiva — respondo secamente, sem encará-lo. Não me orgulho, e algumas vezes até me arrependo. Mas ele não pode achar que tem algum direito de ficar bravo.

— Ele era meu amigo.

Isso mesmo, o Guilherme era amigo *dele*, e a única pessoa a quem ele deveria pedir explicações. Pelo que me lembro, o Murilo havia deixado bem claro que não tínhamos *nada*.

— Você fez questão de trazer a garota para o meu lado. Qual o seu problema? — pergunto, irritada.

Murilo morde o lábio e balança a cabeça.

— Eu errei. Não deveria ter feito aquilo.

Dou de ombros sarcasticamente.

— Que pena, está dois anos atrasado pra reconhecer isso.

Como estou de frente para a porta, consigo ver todo mundo que entra no bar e, naquele exato momento, Nicolas aparece. Ele fica surpreso ao me ver, mas quando desvia o olhar para Murilo sua expressão endurece. Sorrio e levanto a mão para acenar enquanto ele apenas balança a cabeça e caminha até o balcão.

Murilo se vira para ver quem eu cumprimentei e não desgruda os olhos de Nicolas até ele ir embora com um saco de gelo nas mãos. Ele não olha para trás e isso me deixa um pouco abalada. Qual é o problema desses caras?

Levo outro susto quando Murilo tenta tocar a minha mão e então a afasto rapidamente, mais uma vez. A minha própria reação me deixou mais surpresa do que a ele. Não foi intencional, parecia mais uma resposta automática do meu corpo. Será que desenvolvi anticorpos o suficiente para evitar esse vírus chamado Murilo? Por que esses anticorpos não estão fazendo o mesmo trabalho na minha mente?

Ele também não esperava que eu me afastasse tão repentinamente, foi como se tivesse dado um tapa na sua cara com o movimento. Por muito tempo, realmente quis ter batido nele, mas ver a sua expressão de rejeição não me deixou mais feliz. Na verdade, estou bastante desconfortável. Essa coisa de DR realmente não é minha praia. Ainda mais quando ela deveria ter acontecido dois anos antes.

— Não sei o que fazer pra você me desculpar, Analu — diz ele, com a voz rouca.

Suspiro. *Eu também não.*

— Não tenho como esquecer tudo que aconteceu, Murilo.

— Não tô te pedindo pra esquecer — dispara ele com urgência. — Só pra me dar uma chance. Achei que você tivesse, pelo menos, pensado nisso quando resolveu curtir o meu perfil no Happn.

Ele tem razão. Por que eu fiz aquilo? O que realmente queria que acontecesse depois?

Tento esconder as mãos trêmulas embaixo da mesa. Ah, meu Deus do céu. Por que ele voltou? Por que está fazendo isso de novo? Simplesmente não consigo evitar a reação que ele provoca em mim!

— Eu não entendi por que fiz isso. Só... fiz — digo.

— Então?

Murilo me olha com expectativa.

— É impossível eu me decepcionar com alguém em quem não confio mais — declaro. Não tive a intenção de ser rude, fui apenas sincera.

Ele baixa o olhar.

— Eu realmente sinto muito, Analu.

Pela primeira vez acredito que ele está, de fato, dizendo a verdade ao me pedir desculpas. Então, junto com a avalanche de lembranças vêm as lágrimas, e não consigo impedir. Elas simplesmente descem pelas bochechas em silêncio e é impossível escondê-las a tempo.

Percebo que me ver chorar também o deixa triste, é como se algo o tivesse atingido no peito. Ele apoia a cabeça nas mãos e bufa.

— Que droga!

Ele tenta mais uma vez me tocar, meio receoso, e dessa vez deixo que ele pegue minha mão. Murilo massageia meu pulso com o polegar e me observa com intensidade. Seu toque é tão familiar que dói.

Dói demais.

— Eu só queria que esse meu verão fosse feliz — digo com um sorriso triste, enquanto tento mais uma vez enxugar as lágrimas com a mão livre.

Murilo sorri para mim de forma doce.

— Se depender de mim, assim será.

Por que ele está fazendo isso só agora? Por que não tentou quando ainda era importante para mim? Não me mostrou que o que havia entre a gente poderia funcionar? Não sei se ele tem habilidade suficiente para escalar as barreiras que construí em meu coração. Não sei se *quero* que ele faça isso. Não entendo nada do que está acontecendo. Estou completamente perdida. É o que ele faz comigo

— Amigos? — pede Murilo.

— Não tenho como prometer nada.

— Não precisa. — Ele balança a cabeça. — É só deixar acontecer.

Esse é o perigo. A partir do momento que eu deixá-lo entrar de novo na minha vida, sei que vai fazer uma bagunça sem precedentes. Estava disposta a lidar com as consequências? Eu havia aprendido o bastante para não deixar que ele me machucasse outra vez?

Só então me dou conta que o deixei entrar na minha vida no momento em que cliquei no coração do aplicativo. Não era só um teste. Lá no fundo eu esperava que, de certa forma, isso acontecesse. Metade de mim tem certeza que vou me arrepender. A outra está disposta a arriscar.

Vou embora em alguns dias. Já é certo. Não corro o risco de mudar meus planos por ele de novo. Nosso "retorno" tem prazo de validade e é por isso que concordo com a cabeça e deixo escapar as seguintes palavras:

— Vamos ver no que isso vai dar.

Murilo abre um sorriso enorme. É tão contagiante que também me faz sorrir.

Ele se levanta em um rompante.

— Tenho uma surpresa — anuncia.

Deixa vinte reais em cima da mesa e me puxa pela mão.

— O que você vai fazer? — pergunto meio atrapalhada com a bolsa enquanto ele me conduz para fora do bar.

— Já disse, é surpresa.

— Você não vai me contar?

Ele olha para trás e sorri.

— Por enquanto, não. Mas a gente vai ter que fazer alguma coisa para passar o tempo. A surpresa vai demorar algumas horas.

— Horas?

Murilo dá de ombros.

— Vamos ter que comer antes. O que você sugere?

Ele para no meio do Centrinho do Rosa e analisa as opções.

— Pastel? Churros? — Dá um passo para o lado.

— Sorvete? Não, sorvete não enche barriga.

Murilo coça o queixo, franze as sobrancelhas e então olha para mim. Estou parada sem saber o que fazer ou dizer, mas aparentemente sou a resposta que ele precisava porque seu rosto se ilumina.

— Uma porção de camarão com batata frita — conclui.

Um gemido de satisfação involuntário escapa da minha boca. Eu amo essa combinação e desde que cheguei na praia não tinha comido nenhuma vez. De novo, ele se lembrou. Foi o que comemos no dia seguinte que nos conhecemos. Eu disse o quanto gostava de camarão e como ele fazia um par perfeito com a batata frita, como se tivessem nascido um para o outro.

— Sabia — diz Murilo, apertando de leve minha mão ao ver minha expressão de felicidade. — Vem!

Ele me conduz pela mão em direção a outro bar que fica a uns cem metros.

— Por que não comemos no outro?

Murilo balança a cabeça e faz uma careta.

— A comida é péssima.

— Então por que fomos lá?

— Mesa para dois, por favor — pede para o garçom e olha para mim. — Porque lá é o lugar mais vazio dessa praia e a gente precisava conversar.

Acompanhamos o garçom até uma mesa mais para o fundo do bar, perto das janelas. É pequena, com cadeiras altas, exatamente para duas pessoas. Murilo pede para o garçom a porção de camarão com batata frita e mais duas cervejas.

— Eles fazem o melhor camarão, você vai ver — diz assim que o garçom vai embora.

Olho para ele, cética.

— É sério — continua.

Antes que eu possa responder, meu celular apita com uma nova notificação. Penso se devo silenciá-lo e deixar de lado, mas desisto. Murilo pode esperar.

A mensagem é da Gisele, claro. Ela já está preocupada com a minha falta de notícias. Provavelmente deve pensar que já estou atracada com ele em algum lugar da praia.

Analu
Tá tudo bem. Vamos comer agora.
21:01

Ela responde logo em seguida:

Gisele
Comer? Não era só uma conversa?
Você sabe o que isso quer dizer, né?
21:01

Analu
Não dá pra comer enquanto se conversa?
21:02

Gisele
Querida, eles só te alimentam quando têm a esperança de uma sobremesa. Eu conheço o tipo. Além disso, tô com um pressentimento.
21:02

> **Analu**
> Se todo cara que quiser me pegar me oferecer camarão com batata frita, eu vou ser a pessoa mais feliz do mundo. Tá tudo bem. Sério. A gente se fala depois.
> 21:03

> **Gisele**
> Vou ficar acordada. Quero saber de tudo quando você voltar.
> 21:04

Ela vai ficar acordada? Murilo disse que tinha uma surpresa para depois da comida. Não sei quanto tempo vai durar, não posso deixar Gisele esperando.

> **Analu**
> Eu vou demorar. A gente se fala amanhã.
> 21:05

> **Gisele**
> O quêêêê??? Como assim vai demorar? Eu disse! Comida = Sexo.
> 21:05

> **Gisele**
> Analu, me responde! Você não pode dar para esse cara depois de tudo que ele fez!
> 21:06

> **Analu**
> Vai dormir, te conto amanhã o que acontecer. Relaxa, tá tudo bem.
> 21:08

Não está tudo bem. Quero dizer, não sei se está tudo bem. Mas preciso tranquilizar a minha amiga. Gisele ainda manda mais algumas mensagens irritadas, mas não respondo. Deixo o celular no silencioso e coloco na bolsa.

Respiro fundo e volto a encarar Murilo.

— Problemas?

— Hum, não — respondo inocentemente. — Posso resolver depois.

Ele assente e então ficamos em silêncio. Meus pensamentos estão a todo vapor depois das mensagens de Gisele. Será que ele realmente acha que vamos nessa direção? Desvio o olhar para Murilo de vez em quando e me pergunto se ele continua tão bom quanto antes. Ok, talvez recordar as nossas gloriosas pegações, neste momento, não seja o mais recomendado.

— Como anda aquele negócio com seus pais? — pergunta ele depois de algum tempo e fico aliviada por finalmente ter algo menos excitante para pensar, mas quando me dou conta do assunto, a irritação vem à tona.

— Não quero falar sobre isso.

Lembro que desabafei com Murilo sobre como me sentia com o relacionamento dos meus pais, mas essa recordação só me deixa mais revoltada — ele realmente não levou isso em consideração quando tomou a decisão de ser desleal comigo.

— Será que a gente consegue encontrar algum assunto neutro? — pergunta Murilo, decepcionado.

Mordo os lábios, em dúvida. Muito difícil.

— Acho que isso não vai funcionar — digo e balanço a cabeça, pensando seriamente se deveria ir embora.

— Vai, sim — diz ele, determinado. — Eu só preciso me esforçar um pouco mais para não te irritar cada vez que abro a boca.

Deixo escapar uma risada. Seria quase impossível.

O garçom traz a porção de camarão e batata frita e Murilo fica visivelmente aliviado com a distração.

— Salvo pelo gongo — murmura.

A porção parecia realmente convidativa e cheirava muito bem. Não admiti para Murilo o que estava sentindo, mas ele nota o meu olhar de expectativa.

— Prova e me diz se não é o melhor camarão com batata frita que você já comeu.

Levanto uma sobrancelha. Murilo está realmente achando que é mais especialista neste prato do que eu. Escolho um camarão e torço para que ele não esteja tão bom quanto parece. Não quero lhe dar razão.

Quando coloco na boca, minha primeira reação é fechar os olhos e gemer de prazer de tão bom que é. Não consigo evitar. É realmente um dos melhores.

Ao abrir os olhos, Murilo me encara com satisfação: missão cumprida. Então dá um sorriso de lado e levanta uma das sobrancelhas, na expectativa que eu admita em voz alta.

Suspiro. É horrível ter que reconhecer que está certo.

— É um dos melhores que já provei — digo sem animação.

— É *o melhor* que você já provou.

Fecho os olhos ao colocar outro camarão na boca e balanço a cabeça concordando. Ok, ok. É realmente o melhor. Pode ficar aí com o título da descoberta deste camarão maravilhoso.

11

MURILO olha pela milésima vez para o relógio caro em seu pulso. Se eu não soubesse que ele tinha uma surpresa, acharia que estava contando os minutos para sair daqui.

— Falta muito? — pergunto, tentando não transparecer tanto interesse.

A testa dele está franzida, e ele parece tenso.

Já havíamos terminado de comer há algum tempo e pedi um picolé de morango de sobremesa. Já é quase meia-noite e se ele me deixar mais alguns minutos esperando, com certeza vou conferir o cardápio mais uma vez.

— Pra falar a verdade, não sei — responde Murilo novamente consultando o relógio.

Como assim, não sabe?

Ele com certeza percebe a minha confusão, porque logo tenta explicar:

— É que não tem exatamente um horário.

Levanto as sobrancelhas.

Ele está querendo me enrolar?

153

— Quero mostrar um lugar que eu tenho certeza que você vai gostar. Mas não sei se nesse horário ainda tem muita gente por lá.

— Lugar?

Ele apenas confirma com a cabeça.

— Qual lugar? — Tento ser mais específica.

Murilo pigarreia e toma o restinho da cerveja que ainda estava dentro da garrafa.

— Já disse. É surpresa.

Termino o picolé e enrolo o palito na embalagem que estava em cima da mesa. Cruzo os braços e o encaro, desconfiada. Já estou ficando sem paciência com todo esse mistério.

— Não é nada demais, tá? — Murilo tenta puxar conversa depois do meu silêncio, mas apenas dou de ombros.

— É você que tá fazendo todo esse suspense.

Ele passa a mão pelo rosto e depois se debruça na mesa. Percebo o suor se acumulando na testa dele.

— Nossa, tô quase passando mal de nervoso — diz ele.

Ele realmente está com cara de quem vai vomitar.

— Será que foi a comida? — pergunto. Tenho que saber se preciso me preocupar com o fato de passar mal também.

Ele revira os olhos e, adivinha? Olha mais uma vez para o relógio.

— Tem certeza que sabe ver as horas em relógio de ponteiros?

Ele ri e balança a cabeça, mas eu não estava brincando. O que mais tem é gente que não sabe ver horas em relógios de ponteiro. Estou tão acostumada com o horário do celular que muitas vezes me confundo.

— Acho que tá tudo bem se a gente for agora — anuncia, finalmente.

— Aleluia! — digo e, em seguida, já estou com a bolsa pendurada no ombro.

— Vê se não vai ficar chateada comigo, tá? — diz Murilo, inseguro, ao se levantar também.

Já havíamos pagado a conta, então nada de repetir aquela cena de filme de deixar o dinheiro em cima da mesa e sair correndo.

— Como assim? — Paro e olho para ele na saída do restaurante. — Você não disse que achava que eu ia gostar?

Ele passa a mão pelos cabelos castanhos, preocupado.

— É o que eu espero — responde. — Mas você tá toda diferente, não sei o que vai pensar. — Ele olha para mim com mais atenção e coloca um dos dedos entre as minhas sobrancelhas. — Pode tirar essa ruga daí. A sua desconfiança tá me deixando ainda mais tenso.

Deixo escapar uma risada.

— Desconfiança é o que mais sinto hoje em dia.

Murilo concorda com a cabeça, coloca as mãos nos bolsos da bermuda e encolhe os ombros. Indireta recebida com sucesso.

— Será que eu tô valendo um voto de confiança hoje?

— Já tô aqui mesmo — respondo, dando de ombros.

Na mesma hora, um sorriso se forma em seus lábios. Ainda bem que consigo impedir que a minha boca faça a mesma coisa. Não quero dar mais corda.

Murilo respira fundo e me oferece uma das mãos. Dessa vez ele não me pega desprevenida. Ele realmente me dá a oportunidade de recusar a oferta de andarmos de mãos dadas. Passo alguns segundos encarando, em dúvida, e isso faz com que o seu sorriso murche um pouco.

Fecho os olhos e respiro fundo, como se estivesse me preparando para dar um mergulho. Só que esse mergulho será em águas turvas, onde não consigo enxergar o que vem a seguir — é o tipo de descoberta que vou fazer só quando estiver dentro da água.

Decido, então, pegar a mão que está estendida e Murilo respira aliviado.

Dessa vez, aceito me molhar.

E não é no duplo sentido.

Eu deveria ter desconfiado.

Agora faz sentido por que Murilo pensou que eu ficaria irritada e, bem, até me passou pela cabeça dar um chilique. Mas apenas continuei plena e indiferente. Engoli a nostalgia por estar sentada exatamente no lugar que ficamos pela primeira vez, tentando esconder o quanto isso tudo me deixa melancólica.

Estamos no píer de um dos condomínios da Praia do Rosa. Ele é exclusivo do condomínio — alguns moradores também estão por ali e pela praia, que se estende por uma pequena faixa de areia. Mesmo assim conseguimos o melhor lugar. Bem de frente para o mar, olhando diretamente para a imensidão de água. A lua está tão cheia, que mesmo se não tivesse a iluminação de luzinhas iguais àquelas que vi no Centrinho do Rosa, não ficaríamos no escuro.

Murilo está sentado a uma certa distância, cabisbaixo e encarando os pés soltos sobre a água. Certamente meus sentimentos não passaram despercebidos.

— Desculpe — pede, seu olhar cruzando o meu.

Balanço a cabeça, deixando de lado as desculpas, e desvio o olhar para a frente. Eu sou apaixonada pelo movimento do mar, e ver a luz da lua brincando com as ondas calmas é ainda mais tranquilizador. Foi esse o efeito que senti quando sentei aqui, e por isso desisti da ideia de travar qualquer briga.

Não estou irritada com a escolha infeliz de Murilo. De certa forma, estou agradecida. Esse lugar é realmente especial. O problema é ter lembranças tão boas impedidas, mas não conseguir pensar nelas apenas com felicidade.

— Eu achei que poderia voltar e consertar as coisas, sabe? Esse tempo longe me fez pensar em muita coisa que não dei valor enquanto estava aqui.

Tento me concentrar no movimento da água. Não posso olhar para ele agora.

— Acho que devo ter agradecido ao meu pai por me chamar de volta. — Murilo ri sem vontade. — Mas eu tinha esquecido que as coisas aqui tinham mudado também. Que as pessoas continuaram as suas vidas.

Fecho os olhos e respiro fundo. Continuei, mas foi difícil.

— Conquistaram seus próprios sonhos — finaliza.

Ele puxa uma das pernas para cima do píer e apoia o braço no joelho.

— Acho que esse é o seu problema — deixo escapar. — Você pensa apenas no que você quer e não como isso vai afetar as pessoas ao seu redor.

Ele assente com cuidado, sua expressão é de uma tristeza relutante.

— Acho legal que você vai para São Paulo — diz ele, com sinceridade. — Acho mesmo. Você é uma das poucas pessoas que eu vejo o olho brilhar quando fala dos sonhos. Que corre atrás do que quer.

Inclino a cabeça e estreito os olhos.

— Eu deveria agradecer?

Murilo balança a cabeça, negando.

— Pessoas como eu é que deveriam agradecer a existência de pessoas como você.

— Tem certeza que você tá fazendo Engenharia Civil? Onde aprendeu a falar coisas assim? — Dou um soco de leve em seu braço, e Murilo deixa escapar uma risada, dando de ombros.

— Andei lendo uns livros — responde.

— Tá explicado!

— Analu — ele chama e seu rosto fica sério. — Eu não tô brincando quando digo que você é realmente incrível. O cara que ficar contigo vai ser realmente um sortudo.

Você teve a chance e desperdiçou, é o que gostaria de dizer, mas uma bola se forma na minha garganta e não consigo pronunciar nem uma palavra.

— Sabe o que eu acho? — continua. Ele está sorrindo, contemplando o horizonte sem realmente prestar atenção no que vê, passa a mão pelo queixo e, enfim, me olha. — Que daqui a uns anos você vai estar na televisão, em um desses programas de entrevistas. E eu vou estar do outro lado, em casa. Vou olhar pra você, *lembrar* de você, e ficar orgulhoso. Muito orgulhoso.

— Tá mais fácil *você* ficar famoso do que eu — rebato, sem graça.

— Não vou ficar famoso levantando prédios — diz e dá uma piscadela. — A não ser que um caia.

Olho para ele, chocada.

— Nossa, credo! — Bato três vezes na madeira do píer. — Vira essa boca pra lá!

Murilo tem a cara de pau de apenas dar de ombros e sorrir, achando graça.

— Bom, ainda bem que ninguém sabe o dia de amanhã.

Balanço a cabeça. Ele é inacreditável.

— Falando nisso, já sabe o que vai fazer lá em São Paulo? — pergunta.

— Ainda não. Na segunda-feira, vou procurar apartamento. Deveria já estar pesquisando, mas não tô a fim de ver isso agora. Vou ter a semana que vem inteira.

— Ah, estando lá fica mais fácil — ele concorda. — Vai encontrar muito rápido.

— Espero que sim...

Suspiro e olho para baixo. Eu não parei para pensar em como será a próxima semana. Tenho apenas a passagem de ida comprada e hospedagem para a semana inteira reservada. Meu pai fez questão de dizer que não sustentaria nenhuma rebeldia desse tipo, então é tudo por minha conta. A matrícula da universidade é na terça-feira e depois tenho todo o tempo do mundo para começar a construir a minha vida em um lugar totalmente diferente, onde não conheço ninguém. Pensar nisso me dá frio na barriga, um leve pânico começando a brotar bem lá no fundo do peito.

— Vai ter que aproveitar bem essa semana de despedida então.

Isso chama a minha atenção, me despertando dos pensamentos.

— Essa é a intenção — concordo.

Murilo balança a cabeça e pondera por alguns segundos a minha resposta.

— Amanhã preciso ir pra Tubarão — diz. — Mas volto na sexta-feira. A gente poderia sair de novo. Vai ser nossa despedida.

Eu me surpreendo ao não perceber um pingo de malícia em sua fala. Será que é realmente verdade todo esse papo de amigos e de terminar as coisas bem?

A desconfiança ainda paira sobre mim, mas uma das camadas de proteção acabou de ir embora.

— Pode ser — digo tentando mostrar tranquilidade, mas não querendo realmente dar mais corda para isso. — No final da semana a gente vê.

Murilo concorda.

— Então acho que vai ser preciso você me desbloquear, não é? Dois bloqueios eu acho que é pessoal. — Ele não está bravo.

— Vou pensar no teu caso — brinco.

— Pelo menos vai pensar em mim — diz, se levanta e me oferece a mão. — Vamos? Eu te acompanho até em casa.

Aceito sua ajuda para levantar e não recuso a oferta de me levar até em casa. Não seria louca de andar sozinha, no escuro, por essas ruelas cheias de mato. Até que não foi tão difícil ficar sozinha com ele nesse lugar que me traz tantas lembranças, por mais incrível que pareça, ele me surpreendeu de forma positiva.

— É, até que ele me surpreendeu — disse Gisele, *quando fomos juntas ao banheiro da casa do Murilo. — Ele mudou mesmo.*

— Viu só? — respondi sorridente para o espelho, enquanto retocava o batom.

Eu estava bem diferente, meus cabelos longos agora traziam alguns reflexos por causa do sol e minha pele também já estava bem mais bronzeada dos dias de praia vendo o Murilo surfar. Poderia também dizer que eu estava me sentindo bem mais velha, mas seria besteira. Apenas duas semanas se passaram.

— É muito difícil para mim admitir quando outra pessoa está certa — murmurou Gisele ao abrir a porta. — Então fique bem feliz.

Sorri em resposta e dei um beijo na sua bochecha, mas ela apenas me devolveu um revirar de olhos. Assim que saímos do banheiro, encontrei Murilo na cozinha.

— Achei você! — disse quando me viu. — Estava te procurando!

Gisele levantou as sobrancelhas sorrindo e me deixou a sós com Murilo. Por cima do ombro dele, pude ver minha amiga balbuciando "aproveita!" antes de seguir para fora da casa, em busca de Marco. Assim como eu e Murilo, os dois também estavam juntos desde o ano-novo. O que era um milagre se tratando de Gisele, porque ela não gostava de se apegar. "Quando eu for para faculdade, quem sabe", dizia ela sempre que eu falava sobre o assunto. Parece que o jogo virou, né, amiga?

Envolvi o pescoço de Murilo com os braços e o provoquei, encostando meus lábios nos seus sem deixar que ele me beijasse. Suas mãos apertaram minha cintura, e ele me empurrou na direção da parede às minhas costas.

— Acho isso uma maldade — protestou ele antes de começar a explorar meu pescoço com os lábios, prendendo minhas mãos contra a parede. Mordi o lábio inferior para impedir que um gemido escapasse. Suas mãos começaram a acariciar minha cintura, subindo aos poucos. Ele parou e me olhou, como se pedisse permissão. Eu apenas sorri e empurrei meu corpo contra o dele.

— Meu Deus, vão pro quarto. — Marco nos interrompeu, entrando na cozinha.

Murilo deixou escapar uma risada, e tentei esconder meu rosto, morrendo de vergonha.

— Mas você tinha que entrar logo agora? — censurou Murilo, olhando para o amigo sem se afastar de mim.

— Já disse, vão pro quarto — respondeu Marco, abrindo a geladeira. — Lá ninguém vai atrapalhar.

Pegou uma cerveja, nos saudou e saiu como se nada tivesse acontecido.

Fiquei na expectativa de Murilo me convidar para irmos até o quarto, porque era exatamente o que eu queria que ele fizesse! Mas ele apenas me olhou e respirou fundo. Passou os lábios pelos meus, imitando o que eu havia feito instantes atrás com ele, me provocando.

— Agora não — disse próximo da minha boca, e então me deu um beijo. — A gente tem bastante tempo para isso depois.

Deu uma piscada para então pegar minha mão, me puxando para fora de casa. "Lado errado!", eu quis gritar. Mas "A gente tem bastante tempo para isso depois" foi a única coisa que ficou na minha cabeça.

A gente tem?

A gente tem.

A companhia foi bem-vinda, quando percebi, já estava na frente da cabana onde estava hospedada.

— É aqui — anuncio.

Murilo assente, coloca as mãos nos bolsos e levanta as sobrancelhas.

— Então foi isso.

— Foi — concordo. — Até que foi legal.

Ele suspira aliviado, tentando reprimir um sorriso satisfeito. Naquele mesmo momento, um carro avança pela rua da propriedade e para na frente da cabana. É Yuri sentado no banco do carona. Eu me abaixo para dar uma olhada dentro do carro e vejo que Vinicius está dirigindo. Que estranho... Pelo jeito se deram bem.

— Boa noite — cumprimenta Vinicius com um aceno e nós retribuímos.

Yuri sai pálido do carro. É bem provável que me encontrar ali com Murilo não fosse o que ele esperava, pois olha de mim para o primo e de novo para mim.

— É sério? — pergunta olhando para mim, com as mãos na cintura.

Engulo em seco e não respondo. Eu não havia contado para o meu amigo sobre o encontro com Murilo. Sabia que ele não me deixaria ir, de tanto que sofreu com remorso por tê-lo me apresentado.

— Oi também, primo — ironiza Murilo, mas recebe apenas um olhar enviesado em resposta.

Yuri respira fundo e se volta para Vinicius.

— Valeu pela carona — agradece, com um sorriso rápido.

Vinicius morde o lábio e acena para todos nós em despedida. Quando o carro dá a partida, Yuri volta sua atenção para gente.

— Você — ele aponta para mim — não vai mais me culpar por nada que ele fizer, ok?

Coloco uma mecha de cabelo atrás da orelha e cruzo os braços. Estou me sentindo extremamente exposta com a situação. Na maioria das vezes, Yuri evita cenas como essa. Mas hoje ele parece decidido, então se dirige para Murilo, que até agora não parecia nem um pouco afetado pelo comportamento do primo. As mães são irmãs, mas, desde que viraram adolescentes, conviveram pouco. Yuri me contou uma vez que simplesmente não tinham mais nada em comum além do sangue, que as prioridades mudaram e essa coisa toda. Eu entendo isso, afinal, meu próprio irmão gêmeo parece um desconhecido para mim.

— Se você fizer alguma coisa pra machucar a Analu de novo...

Espera aí, ele está ameaçando o Murilo? O que está acontecendo com o Yuri?

Curiosamente Murilo se retrai um pouco, como se a ameaça tivesse funcionado.

Uau.

Yuri balança a cabeça, satisfeito, e caminha até a cabana, sem se despedir. Observo chocada até ele fechar a porta com um estrondo. Olho com a testa franzida para Murilo, mas ele simplesmente dá de ombros. Ninguém entendeu o que acabou de acontecer.

— Acho que vou entrar também... — digo, para aproveitar a deixa de Yuri.

Murilo aceita, mas não quer se despedir.

— A gente faz isso na sexta-feira — garante.

Ergo uma sobrancelha.

— Por que isso?

— Por que assim a gente se despede de verdade. Você vai pra São Paulo depois.

Reviro os olhos e cruzo os braços.

— E se não rolar na sexta-feira?

Murilo levanta os ombros.

— Então você vai ficar com essa pendência até se despedir de mim.

— Não vai fazer diferença pra mim — digo com uma careta e balanço as mãos como se não fosse nada demais.

Ele se aproxima e estreita os olhos

— Ana Luísa Genovez, como você tem coragem de mentir na minha cara? — pergunta com um sorriso malicioso.

— Quer mesmo saber?

O sorriso dele fica ainda maior.

— Viu como era mentira?

Suspiro. Ele é impossível!

Então Murilo dá alguns passos para trás, sem se virar em direção à saída.

— Então é isso, não é uma despedida — declara, dando mais alguns passos. — Finge que é uma pausa. A gente se vê na sexta. — Murilo agora está a uns dez metros de mim, precisando falar mais alto, o que me deixa agoniada, porque as pessoas do condomínio já devem estar dormindo. — Ou quando você decidir se despedir de mim.

Ele joga um beijo no ar, mas depois dá um tapa na testa.

— Ignora esse beijo! Isso não foi uma despedida.

Murilo olha para as mãos sem saber o que fazer, então apenas sorri e se vira para ir embora.

— Tchau — digo baixinho.

Espero ele desaparecer na curva em direção à saída do condomínio e me viro para entrar na cabana. Porém dou de cara com Gisele em pé em uma das janelas, me esperando. Sua expressão não é das melhores.

— Espero que você não tenha feito merda — fala, assim que coloco os pés dentro de casa, e então estreita os olhos. — Você realmente está com cara de quem fez merda.

Levanto as mãos.

— Não foi nada demais — digo.

Ela não parece acreditar em mim.

— O que foi aquilo lá fora então?

— Foi a nossa despedida...

— Ele disse que não era despedida. — Gisele me interrompe.

— Bom, não tenho nada a ver com o que ele acha que é — explico, dando de ombros. Deixo a bolsa no sofá e me sento ao lado dela. — Foi bom ter essa conversa. Ele me pediu desculpas, a gente falou sobre a vida e é isso aí. Fim.

Gisele senta no sofá a minha frente, ainda tem uma expressão desconfiada.

— Tem certeza?

— Tenho — confirmo.

Ela balança a cabeça e morde o lábio inferior.

— Não faz isso de novo — murmura.

Ergo as sobrancelhas sem entender muito bem o que ela quis dizer.

— Você sabe que ele é seu bicho-papão — completa e deixa escapar um sorriso com a piada interna. — Você pode parecer a pessoa mais segura de todas com os outros caras, mas tem que se lembrar que ele não causa o mesmo efeito que os demais em você.

Baixo o olhar para as minhas mãos, me sentindo pequena. Gisele está certa. Mas ela também precisa confiar em mim. Eu sei o que estou fazendo. Não sei?

— Foi o fim — repito.

Ela assente e se levanta, caminha até mim, me abraça e estala um beijo na minha bochecha.

— Não deixe ninguém te machucar de novo.

— Não vou deixar — concordo de olhos fechados.

— Te amo, amiga.

— Te amo também.

Eu estava morrendo de saudades de Murilo. Quase não havíamos nos falado desde que fui para a casa dos meus avós há sete dias. Mas eu estava ansiosa para reencontrá-lo. Tive sorte; meu irmão ia para a mesma festa e não precisei dar mais explicações sobre meus motivos para voltar para a Praia do Rosa, além de que Gisele também estaria lá, e minha mãe não se importou de nos dar uma carona.

— E aí, eles já chegaram? — perguntei, ansiosa, assim que encontrei Gisele na entrada da festa.

Ela me deu um sorriso contido, negando com a cabeça e mudou de assunto:

— Acho que a gente poderia ir lá pra dentro ver algumas pessoas antes, o que acha?

Eu comecei a protestar, dizendo que preferia esperar por Murilo. Mas ela insistiu para que fôssemos dançar em vez de ficar esperando qualquer homem que fosse para nos divertirmos. Mesmo contrariada, fiz o que ela pediu. Murilo ainda não havia respondido as minhas mensagens sobre hoje e comecei a ficar apreensiva.

Lá dentro encontramos algumas pessoas do colégio, mas não me senti muito à vontade. Não era a mesma coisa. Queria que Murilo estivesse lá.

Alguns minutos depois, Marco nos encontrou. Ele estava sozinho, o que achei bastante estranho, já que ele e Murilo não se desgrudavam!

— E o Murilo? — perguntei, dando uma olhada por cima do ombro dele para conferir se o encontraria ali atrás.

Nada.

Marco e Gisele se entreolharam e rolou algum tipo de mensagem secreta. Estavam me escondendo alguma coisa.

— Ele vem mais tarde, eu acho. Nem falei com ele — respondeu Marco um tempo depois. Não acreditei nele. Havia alguma coisa estranha.

Marco disse alguma coisa no ouvido de Gisele, e ela assentiu.

— Já volto — disse ele para nós duas. Mas antes que ele pudesse se afastar, o Murilo apareceu.

Imediatamente um sorriso começou a se formar no meu rosto, mas ficou pela metade assim que percebi que ele não estava sozinho. Murilo avistou Gisele e Marco primeiro e só então se deu conta que eu estava logo atrás dos dois. Eu o encarei por longos segundos sem acreditar no que estava vendo. Ele sustentou meu olhar por alguns instantes, mas logo engoliu em seco, sorrindo para a garota com quem estava de mãos dadas. Observei-a sorrir em resposta e se aconchegar em seu peito.

Isso não estava acontecendo.

— Analu... — disse Gisele e segurou minha mão. Ela tentou me tirar dali, mas eu não conseguia me mexer.

Não fazia sentido.

O que ele estava fazendo ali com aquela garota estranha?

De onde ela surgiu?

Murilo ainda me deu alguns olhares, que foram rapidamente desviados quando percebeu que eu ainda o observava. Ele nem tinha coragem de me encarar!

— Vem, Analu... — chamou Gisele mais uma vez, insistindo para que eu a acompanhasse.

— Vai lá — incentivou Marco. Demorei alguns segundos para perceber que ele falou comigo. Ele ainda estava ali? Quem esse cara pensava que era? Pelo amor de Deus! Olhei com raiva para o amigo de Murilo, e sua expressão poderia ser a de um pedido de desculpas ou de pena. Eu não consegui identificar naquele momento, mas poderia apostar que era pena.

Gisele me puxou de novo e dessa vez eu deixei que me levasse. Não prestei atenção no caminho. Permiti que ela me conduzisse até um local menos movimentado, perto da entrada da festa. Eu me sentei em um dos bancos e fiquei encarando o chão. Não entendia o que havia acontecido para chegar até ali.

— Droga, droga, droga — praguejava Gisele, andando de um lado para o outro. — Droga! Eu sabia que ia dar merda! Sabia!

Eu a encarei interrogativamente. Ela sabia? Percebendo a minha expressão, ela balançou a cabeça e mordeu os lábios.

— Marco me avisou alguns minutos antes de você chegar — disse.

— Eu... eu... como...

Ainda estava confusa demais.

— Ele é um bosta, meu Deus do céu! — exclamou Gisele, alto o bastante para que as pessoas que estavam entrando na festa também escutassem; ela não pareceu se importar.

— Eu simplesmente não consigo acreditar — murmurei sem conseguir evitar as lágrimas. Eu estava sem chão! Como ele pôde ter feito isso comigo? — Meu Deus, foi só uma semana!

Gisele suspirou, sentou ao meu lado e me abraçou enquanto eu cobria o rosto com as mãos. A última coisa que eu precisava era que outras pessoas me vissem chorando também.

— Você não pode chorar! — censurou Gisele, me chacoalhando. — Ana Luísa, por favor! Você não vai chorar por alguém como ele. A senhorita vai segurar essas lágrimas, corrigir a postura e pegar o cara mais gato que encontrar lá dentro. Você me entendeu?

Eu não faria nenhuma dessas coisas.

— Você me entendeu, Ana Luísa? — ela repetiu.

Engoli o choro e limpei com os dedos as lágrimas que cobriam meu rosto.

— Entendi — choraminguei, sem realmente concordar.

Gisele tirou minhas mãos do caminho e olhou com atenção para o meu rosto. Passando os dedos pela minha bochecha, disfarçando qualquer vestígio de lágrimas e maquiagem borrada.

— Pronto — anunciou. — Respira fundo.

Fiz o que ela mandou uma, duas, três vezes.

— Agora a gente vai voltar lá e você nem vai olhar na cara daquele embuste. Tá me ouvindo?

Balancei a cabeça, confirmando.

— Você vai dançar, vai se divertir. Nós vamos. Você nem vai lembrar que ele existe. Vai aproveitar por você.

Gisele esperou para ver se eu havia compreendido tudo e, quando se deu por satisfeita se levantou, alisou o vestido e estendeu a mão para mim.

— Vamos logo porque o funk não vai esperar pela gente.

12

O DIA amanheceu chuvoso e frio. Se tem algo pior do que ir para a praia no inverno é ir para a praia no verão, e chover.

— Mas que droga! — exclama Yuri assim que abre a janela da sala. Um vento gelado entra e faz com que ele a feche rapidamente. Ele está sem camisa e passa as mãos pelos braços, se aquecendo depois do choque de temperatura. Os dias de praia já fizeram efeito em sua pele, que, depois de não ver o sol há anos, ganhou um tom ardido de rosa. — Só temos mais alguns dias e começa a chover?

Yuri está realmente decepcionado.

— Ninguém mandou você perder aquele dia inteiro de ressaca — comento, relembrando o dia seguinte à festa da Pousada do Mirante. — Poderia ter aproveitado.

Ele olha para mim e coloca as mãos na cintura.

— Uma coisa é perder o dia porque aproveitei muito a noite anterior, outra coisa é perder porque não *posso* fazer nada.

— Então quer dizer que você não aproveitou ontem à noite? — pergunto com um sorriso malicioso.

Enquanto eu estava relembrando o passado com Murilo, Yuri saiu com Vinicius, o que deixou todo mundo bem desconfiado. Como sempre, ele fica extremamente vermelho, então começa a tossir de nervoso e se senta no sofá à minha frente.

Olho para Gisele e pisco.

— Ha ha ha, engraçadinha — diz Yuri, bravo, quando se recupera.

Ergo as sobrancelhas e ele pigarreia.

— Tô descobrindo algumas coisas esses dias — começa, passando a mão nervosamente pelo cabelo. — Na verdade, acho que já sabia. — Seu olhar está concentrado na mesinha de centro, perdido. — Não sei bem o que pensar.

Ele dá um suspiro bem alto e apoia a cabeça no encosto do sofá, cobre os olhos com as mãos e logo em seguida começa a massagear as têmporas.

— Você gosta de meninos? — sugere Gisele, sentando ao lado dele. Ela coloca a mão em seu joelho e aperta de leve. Minha amiga nunca consegue florear um assunto para colher respostas. Ela simplesmente vai lá e pergunta.

Yuri deixa escapar um som parecido com um grunhido. Se inclina para a frente, apoia os cotovelos nos joelhos e suspira de novo.

— Acho que sim? — pergunta, mais para si do que para uma de nós. Ele esconde o rosto entre as mãos, parecendo muito confuso e constrangido com tudo que está sentindo. — Sei lá, um tempo atrás até fiquei a fim de um cara, naquela época eu não fazia ideia do que era, mas daí comecei a pensar no Vinicius de outro jeito também. E agora acho que é pra valer, porque penso em muito mais do que só beijar.

Yuri quis se esconder ao falar a última frase, ele definitivamente parece um pré-adolescente.

Agora faz sentido todas as suas escapadas quando surgia esse tipo de assunto entre a gente. Certamente ainda não sabia lidar com os seus sentimentos e o fato de citarmos mulheres o tempo todo também não o ajudava. Quando se é criado em uma sociedade como a nossa, esperamos que os meninos se sintam atraídos por meninas, e me sinto mal por ter colocado uma pressão totalmente desnecessária e equivocada sobre o Yuri. Não faço ideia do que é estar em sua cabeça — incertezas, dúvidas e toda a coragem que precisou juntar para, finalmente, desabafar com a gente. Precisou de um empurrãozinho, é claro.

Vou até ele e me sento no braço do sofá, do lado contrário de Gisele. Passo o braço por seus ombros e apoio a cabeça na dele.

— A gente vai estar aqui pra você, sempre — digo e aperto o abraço.

Ele deixa escapar o ar pela boca.

— Meu Deus, não achei que eu teria coragem de falar isso tudo.

— Precisou do vento e da chuva — brinca Gisele.

— Você sabe que vai ter que enfrentar muito mais lá fora, né? — pergunto com cuidado.

Ele assente e respira fundo, apreensivo com o que viria a seguir.

— Mas o que as pessoas acham não importa, o que importa é o que você sente — argumenta Gisele. — Você só quer ter o direito de ser feliz como todo mundo.

Os olhos dela começam a ficar cheios de água e desconfio que Yuri também está chorando. Não posso ver ninguém chorando, porque costuma ser um incentivo para as minhas lágrimas aparecerem também.

— Então só eu não tenho um boy aqui na praia? — pergunta Gisele com um beicinho.

— Quem mandou não dar mais bola pra quem você pegou na festa de sábado? — rebate Yuri.

— Ele já tava pensando em filhos! — exclama ela com os olhos arregalados. — É sério! Começou com uns papos muito suspeitos de apego e nem olhei pra trás, só corri.

Seu rosto assume uma expressão nostálgica.

— O que é um saco, porque ele tinha uma pegada... Mas em seguida ela dá de ombros.

— Eu também não tenho boy nenhum aqui — observo.

Yuri e Gisele reviram os olhos em um movimento sincronizado.

— Você não tem um, tem dois, né? — rebate Gisele.

— Um, inclusive, que te ferrou no passado. Então não vem bancar a coração partido depois, hein?

Meu amigo imita o olhar de Gisele.

— Não vai nessa de novo, ok?

— Mas foi só uma conversa, não vou mais vê-lo — argumento. Talvez se falar isso em voz alta, eu mesma acredite.

Yuri ergue uma sobrancelha com desconfiança.

— É sério — insisto e me levanto. — Caramba, eu vou pra outro estado na semana que vem! Vocês não acham que mereço um pouco de crédito?

Ambos desviam o olhar. Certamente não estão apostando em mim.

— Obrigada — ironizo e me jogo no sofá que estava sentada antes.

Gisele prefere trocar de assunto:

— Semana que vem tudo vai mudar, não sei nem o que esperar.

— Pra mim, só vai mudar o fato que vocês não vão estar mais aqui — observa Yuri, triste.

— Claro que não, você vai entrar na universidade, tudo vai mudar — argumento.

Ele me olha com descrença.

— Vou encontrar as mesmas pessoas de sempre. Vai ser como uma extensão da escola — diz, desanimado. — Com o *plus* de ser obrigado a virar adulto.

Virar adulto.

Eu não tinha parado para pensar. É claro que sei que quero me virar. Juntei uma grana para conseguir viver alguns meses caso não consiga um trabalho logo em São Paulo. Eu me preparei para fazer a escolha mais perigosa, afinal.

Mas virar adulto?

Isso quer dizer que muito mais responsabilidades vão recair sobre mim — mais expectativas. Expectativa de conseguir ser bem-sucedida. Expectativa de me casar. Expectativa de ter filhos. Expectativas dos outros, mas cujo peso vou carregar — principalmente se eu não alcançá-las.

— Que *bad* — murmuro e me afundo mais ainda no sofá.

— Parecia muito mais legal quando a gente só precisava passar no vestibular — diz Gisele, também desanimada.

É claro. A competitividade de Gisele é o que a move. Colocar um desafio em seu caminho só vai fazer com que ela consiga chegar muito mais rápido em seu objetivo. Seu problema é com o futuro completamente nebuloso e incontrolável.

— Vamos prometer uma coisa?

Nós olhamos para Yuri com expectativa.

— Não vamos esquecer o que foi a nossa amizade? Por favor — pede ele, nos olhando com determinação.

— Nossos caminhos serão diferentes e é um risco muito grande. Há mais chances de a gente nunca mais se falar do que continuar uma amizade à distância.

Estreito os olhos.

— Quando você ficou tão dramático?

Ele me olha furioso depois da minha brincadeira.

— Tô falando sério, Analu!

Levanto as mãos, ainda rindo.

— Tá, tá... — digo e fico séria. — Eu prometo.

Yuri olha para Gisele, que está perdida em algum lugar da sua mente. Ele chama sua atenção e ela apenas assente.

— Certo.

Ele suspira e se afunda no sofá.

— É só isso? — pergunto.

Yuri me olha sem entender.

— Nada de pacto de sangue ou cuspe? — pergunto e logo em seguida cuspo na mão, estendendo na direção dele.

Ele faz uma careta.

— Nossa, que nojo! — rebate. — Quero ver você conseguir fazer amigos em São Paulo.

Eu rio, mas Yuri está falando sério. Fico tensa com a possibilidade. E se ficar sozinha? Gisele e Yuri são meus amigos há tanto tempo. Não é como se eu conseguisse fazer novos amigos o tempo todo.

Gisele acaba fazendo o mesmo que eu — cospe na mão direita e a estende em minha direção. Balbucio um agradecimento e olhamos para Yuri, que nos encara como se fôssemos loucas.

— Quer jurar ou não? — pergunta Gisele, com as sobrancelhas erguidas.

Yuri revira os olhos, cospe na mão sem vontade e estende em nossa direção sem nem ao menos olhar. A expressão de nojo dele é hilária. Apertamos as mãos cheias de saliva e está firmado o pacto. Amigos para sempre.

Logo em seguida corremos até a torneira mais próxima para lavar as mãos. Temos limites.

13

FICO mais chateada com o fato de Murilo ter me dado um bolo do que eu pensava que ficaria. Por mais que tivesse passado o resto da semana afirmando que não o veria mais, receber a mensagem dizendo que ele teria que ir até Florianópolis com o pai para avaliar um empreendimento e que não voltaria a tempo de me ver me deixou um pouco triste. Mesmo sabendo como ele é instável, acabei criando expectativas. Bem baixas, mas, ainda assim, expectativas.

É por isso que na noite de sábado, quando saímos para o luau que Nico e seus amigos iriam fazer na praia, eu não sou a pessoa mais feliz do mundo.

— Espero que essa sua cara de bunda seja porque você vai embora na segunda e não por causa do Murilo — diz Gisele a caminho da praia.

— Claro que é — minto.

— Tem certeza que não volta para o Carnaval? — Yuri me pergunta.

Suspiro e nego com a cabeça.

Eu não tenho certeza do que vou fazer no Carnaval, mas acredito que ficar ocupada com a mudança seja o mais recomendado. Nada como preencher a cabeça com coisa para resolver e não pensar em besteira.

— Vocês nem vão estar aqui! — exclamo.

— Claro que vamos — responde Yuri. — Não sei se você lembra, mas vou continuar na mesma cidade de sempre.

— E eu só estarei a duas horinhas de carro daqui — diz Gisele. — Você chega mais rápido que eu de avião.

E ela tem razão. Sou eu quem vai abandonar todo mundo. Eu vou para longe, mas não preciso me isolar.

— Vou ver como fica toda essa coisa de encontrar apartamento — comento. — Também não sei se vou ter dinheiro pra ficar voltando o tempo todo. Mas, se der certo, pode ser que eu volte.

Na verdade, não estou pensando em voltar. A ideia é me dedicar completamente à minha nova vida assim que o avião pousar em São Paulo. Mas não queria ser grossa com meus amigos.

— Vocês podem ficar ali na cabana — sugere Barbara. — Não posso deixar vocês ocuparem os quartos, porque a minha galera chega semana que vem. Mas acho que ninguém vai impedir vocês de colocarem umas barracas na grama e usarem o banheiro e a cozinha.

— Essa ideia parece tentadora — diz Yuri, coçando o queixo.

— Você parece muito empolgado em voltar pra cá, hein — comento e dou um empurrãozinho no ombro dele.

Ele sorri e, mesmo estando escuro, a pouca iluminação da estrada até a praia é o suficiente para que eu o veja ficar vermelho. Ainda morre de vergonha de falar com a gente sobre sua vida amorosa, mesmo tendo esclarecido tudo na noite anterior.

— Vinicius vai ficar aqui no Carnaval? — pergunta Gisele, direta como sempre.

A pergunta faz com que Yuri engasgue com a própria saliva e nós precisamos parar de andar para que ele possa se recuperar.

— Eu... não sei — responde Yuri, com as mãos nos joelhos, ainda vermelho por causa do pequeno acidente. — Ainda não estamos assim.

— Pois trate de descobrir, né? — aconselha Gisele, dando tapinhas em suas costas. — Ou faço isso por você.

— Não deixe que que isso aconteça. Nunca — aviso.

Uma ruga de preocupação surge na testa dele. Parece que vai vomitar.

— Não tenho culpa se vocês sempre precisam de mim — conclui Gisele, dando de ombros e então olha na minha direção. — E não pense que me esqueci do senhor Nicolas.

É só o que me faltava...

— Já disse que não tem nada a ver.

— Analu, sério. Você precisa consertar esse teu faro pra homem. Ô, dedo podre! Quando o cara é legal você não tá nem aí. Quando é um babaca você morre de amores.

Essa mania da Gisele se meter na minha vida amorosa está me deixando irritada. Ela decidiu que não se apegaria até a faculdade e fica insistindo para que *eu* pegue os caras, ou O Cara, no caso.

— Só quero ficar quieta, ok? — digo, ríspida. — Tenho apenas mais alguns dias antes de ir embora. Deixa eu aproveitar com vocês? E com eles? — Aponto em direção à praia, onde Nicolas e seus amigos estavam nos esperando. — Na amizade. Não preciso correr atrás de macho ou esperar alguma coisa de qualquer um deles. Você sabe bem disso.

Minha declaração deixa meus amigos surpresos e Gisele apenas levanta as mãos.

— Não está mais aqui quem falou.

E então voltamos a andar em silêncio.

Não fomos os únicos convidados para o luau. Mais duas garotas que não conheço estão sentadas na areia ao lado do Roger. Elas fazem o tipo que querem chamar atenção com risadas altas. Não faz nem cinco minutos que chegamos e já deram umas quatro gargalhadas exageradas o bastante para serem ouvidas lá do Centrinho.

Roger está com um violão apoiado nas pernas — é claro, pois se não tem alguém com um violão, não é um luau —, e ensaia alguma coisa enquanto tenta afiná-lo. Nicolas saiu com Vinicius para buscar alguma coisa no carro dele e ainda não voltou. Então apenas acenamos para Roger e nos acomodamos em volta da fogueira. Longe o bastante para não passar calor com o fogo.

Gisele já está com *aquele olhar* e posso apostar que está pensando o mesmo que eu. Será que essas garotas estão com Nicolas e Roger? Tento não pensar no assunto, porque não tenho nada a ver com quem o garoto sai ou não. Ele havia me visto com o Murilo, certo? Não tem por que se sentir intimidado de convidar outras pessoas para o luau. E, bem, não é como se ele tivesse me convidado. Vinicius que foi o porta-voz de tudo.

Yuri é o primeiro a avistar os garotos voltando com pedaços de madeira nos braços, ele abre um sorriso enorme quando encontra Vinicius, e recebe outro em troca. As madeiras são deixadas em duas pilhas próximas a Roger, e enquanto Vinicius caminha em nossa direção, Nicolas apenas acena de longe e vai até Roger e as garotas.

— E aí? — Cumprimenta o garoto, parando ao lado de Yuri. Ele não sabe muito bem o que fazer com as mãos, então apenas as esconde nas costas.

— Vocês demoraram. Tivemos que pegar mais madeira para a fogueira — comenta, indicando a pilha a suas costas.

— Viemos andando — explica Yuri, enquanto brinca com os pés na areia. — E tivemos alguns contratempos no caminho.

Vinicius levanta as sobrancelhas.

— Nada demais — tento tranquilizá-lo com o melhor dos sorrisos.

— Eu realmente preciso beber — diz Gisele, ao se aproximar de uma das bolsas térmicas que trouxemos conosco. De lá, retira uma garrafa de catuaba. Procura alguma coisa nas outras bolsas e depois se vira para Vinicius. — Vocês têm copo?

Ele nega com a cabeça.

— Nada — responde. — Nico não tá bebendo e o resto de nós está na cerveja.

Gisele dá de ombros, abre a garrafa e toma um gole diretamente do gargalo. Ainda bem que é só ela que tem coragem de tomar aquilo.

Do outro lado, Nicolas está conversando com uma das garotas, a morena. Ela continua dando risadinhas, porém está mais discreta e apoia a mão em seu braço de vez em quando. Não sei por que meu coração acelera. Não tenho motivo para ficar nervosa. Pego uma garrafa de cerveja que coloquei na bolsa, retiro a tampa com a ajuda da beirada da minha camiseta e bebo enquanto encaro a conversa dos dois. Devo ter tomado quase metade da garrafa de uma só vez.

— Uau — admira-se Vinicius. E só então me dou conta de que ele viu toda a cena. — Deveria fazer uma disputa com o Roger para virar a cerveja. Seria uma briga boa.

Sorrio em resposta e minha visão se cruza com a de Nicolas, que está olhando exatamente na minha direção. Sustento seu olhar até a garota tocar seu braço mais uma vez para chamar sua atenção.

— Tá com ciúmes? — Gisele pergunta baixinho.

— Não.

E realmente não estou. Não é ciúmes.

Não penso em Nicolas desse jeito, mas o fato de ele estar neste momento com a atenção voltada para essa garota me incomoda.

— Que bom — rebate Gisele. — Você não precisa *perder tempo com macho.*

Dou uma risada de escárnio.

— Realmente não preciso.

Então viro o restante do líquido que está na garrafa de cerveja.

Trouxe mais quatro garrafas. É o bastante para ficar bêbada? Espero que sim.

Não estou completamente bêbada, mas me sinto bem alterada. Conheci a garota que está com Roger e ela é bem legal. Descobri que ela e a amiga são do Rio Grande do Sul e chegaram ontem na Praia do Rosa. Os meninos as conheceram na última festa que Nicolas trabalhou e acabaram as convidando para o luau de hoje.

Mais tarde, chegaram outras pessoas que formaram um público bem mais animado ao violão do Roger que eu. O show acabou quando alguém pediu para tocar "Faroeste caboclo", mas no meio da música ninguém sabia qual era o verso seguinte e desistiram antes do duelo de Jeremias e João de Santo Cristo.

Em algum momento da noite, e com o efeito da bebida, até entrei em uma conversa sobre política com um casal que não conhecia, mas todo mundo começou a zoar dizendo que o luau não era discussão do Facebook. Então fiquei na minha e não entrei em mais conversa alguma.

Nicolas sumiu com a morena faz uns vinte minutos. Eles foram caminhar na praia e não voltaram até agora. Minha imaginação tem certeza do que estão fazendo. Mas não quero me importar. Ele não me deve nada. Não preciso sentir ciúmes de alguém com quem nem quero ficar.

Só mais um dia e estarei longe daqui.

Barbara também já foi embora. Um cara que conheceu no Happn na semana passada a convidou para outra festa que está rolando na pousada onde ele está hospedado, e ela foi. Minha imaginação também tem certeza do que ela está fazendo. Gisele está dormindo no meu colo depois de beber a garrafa inteira de catuaba, e Yuri, conversando com Vinicius mais próximo do mar. Espero que finalmente aconteça algo entre eles. Vinicius parece um cara legal e o meu amigo precisa se divertir um pouco. Tento ignorar Roger se pegando com aquela garota à minha esquerda, mas é impossível não escutar os gemidos que escapam deles de vez em quando. Nossa, ele nem se importa com privacidade! Estou quase mandando procurarem um quarto. Credo!

Suspiro ao pensar em onde vim parar. Que belo fim de último dia de férias de verão. Estou "bem feliz" enquanto observo a fogueira diminuir aos poucos. Devo ter me distraído com as chamas, porque quase tenho um ataque do coração quando Yuri diz alguma coisa bem ao meu lado.

— A gente tá indo — avisa, indicando que "a gente" quer dizer Vinícius e ele. — É melhor que a gente leve vocês na cabana primeiro, né?

Para essa noite ficar mais patética, ainda tem caridade de amigo que tá louco para dar uns pegas. Eu recusaria, se já não fosse tarde e não tivesse medo de andar sozinha com a Gisele até em casa.

— Eu posso levar as duas — diz uma voz nas minhas costas. Eu me viro, levemente tonta por causa da cerveja e Nicolas está ali parado, sozinho. Ele desvia o olhar do meu e volta sua atenção para Vinicius e Yuri. — Vocês podem ir, se quiserem.

Yuri me encara interrogativamente e eu apenas aceno com a cabeça em resposta. Além da Barbara, alguém tem que aproveitar alguma coisa essa noite. Percebo que ele fica aliviado e vai me agradecer por essa absolvição amanhã. Presto atenção enquanto os dois caminham em direção à saída da praia e, antes de sumirem completamente na penumbra, dão as mãos.

Missão cumprida.

Olho para Gisele dormindo em meu colo. Ela está de boca aberta e certamente babando também. Mas que ótimo, hein? Se eu soubesse onde está meu celular, tiraria uma foto antes de acordá-la.

— Gi? — Balanço levemente seus ombros.

Ela nem se mexe.

— Gisele? — chamo um pouco mais alto.

Ela apenas geme em resposta.

Suspiro, cansada. Não estou nas melhores condições para isso.

— Gisele? — dessa vez é Nicolas que chama com sua voz grossa, ele está abaixado na minha frente, com o rosto bem próximo ao meu.

Quase dou um tapa na minha amiga, pois ela prontamente acorda depois de ouvir voz de homem chamando por ela. *Que safada!*

— Da próxima vez coloca um macho te chamando como toque do seu alarme — digo, irritada, porém ela apenas me encara confusa. Estou sem paciência para explicar. — Ah, deixa pra lá.

Eu me levanto e limpo a areia das pernas. Recolho nossas coisas enquanto Nicolas ajuda Gisele a ficar de pé. Ela está bem mais sóbria que eu, mas o sono consegue ser pior que os efeitos da bebida naquele corpinho.

— Cadê a morena? — Gisele pergunta para Nicolas.

Pelo jeito, está mais acordada do que imaginava.

— Já tá em casa — responde ele sem qualquer vestígio de emoção.

— Nossa, você foi rápido!

Nicolas apenas ri em resposta. Não nega nem confirma a insinuação de Gisele.

— Pegou tudo? — pergunta para mim.

Confiro mais uma vez a areia para ter certeza.

— Sim, tá tudo aqui.

— Então vamos, meu carro está lá fora.

Eu me despeço de Roger e da menina, e eles parecem aliviados que finalmente todo mundo foi embora. O violão deixado de lado é a única coisa que sobrou do luau, além das cinzas da fogueira. Para minha surpresa, todo mundo foi responsável o bastante para recolher o lixo.

Percorremos em silêncio o caminho até o carro de Nicolas e, quando enfim chegamos, Gisele se joga no banco de trás e parece cair em um sono profundo. Não dá nem tempo de colocar as coisas no porta-malas e ela já está roncando quando entramos no carro.

— Por isso que você não tá bebendo então — comento para aliviar o silêncio.

Ele apenas confirma com a cabeça e aperta alguns botões para sintonizar uma rádio antes de partimos. Sua forma de lidar com o silêncio é mais inteligente que a minha. Cruzo os braços e encosto a cabeça no banco enquanto encaro a rua pelo vidro.

Tento entender em que parte da semana Nicolas e eu ficamos assim. Mas simplesmente não consigo.

— Você tá com algum problema comigo? — pergunto, pegando Nicolas de surpresa. Ele levanta as sobrancelhas e nega com a cabeça como se nada estivesse acontecendo. — Então por que você mal falou comigo hoje?

— Sei lá — responde, com os olhos na estrada enquanto faz uma curva à esquerda. — Você que não falou comigo e estava com uma cara estranha. Achei que tivesse chateada com o que aconteceu na praia. Desculpa, mas não achei que você tinha namorado. Se soubesse não teria falado nada aquele dia.

— Do que você tá falando? — pergunto, confusa.

— Quem disse que eu tenho namorado? Foi você que apareceu com uma garota hoje.

Ele comprime os lábios e me olha rapidamente.

— Eu vi você com aquele cara — responde e dá de ombros. — Achei...

— Meu Deus... Não tem nada a ver! Ele é só... — Faço uma pausa. O que o Murilo é? Não é meu amigo, não é meu namorado, não posso falar que é caso antigo... — Um cara que eu conheço. O pai dele trabalha com o meu. Ele estava lá no dia do jantar pagação de mico, inclusive.

Nicolas começa a processar o que acabei de falar e fica em silêncio. Deixo escapar um suspiro e uma risada.

— Foi por isso que não te vi mais durante a semana? — pergunto.

— Não, não... Precisei trabalhar — responde. Passa as mãos nos cabelos e depois apoia um braço na janela aberta. — Mas confesso que poderia ter voltado se tivesse um motivo.

Ele deixa escapar um sorriso tímido. Não sei se está aliviado ou com raiva de si mesmo, seu rosto é uma confusão. Olho para trás e Gisele ainda está ferrada no sono.

Não demora muito e Nicolas estaciona em frente à cabana, bem ao lado da Kombi.

— Então é isso, chegou a minha hora — anuncia Gisele em um rompante do banco de trás do carro, nos assustando. Reviro os olhos. É claro que não estava dormindo. — Foi ótimo te conhecer, Nico. — Uma de suas mãos aperta o ombro dele, e ele sorri amavelmente em resposta. — A gente se vê por aí, certo?

— Claro — diz, um tanto animado demais. Acredito que nem prestou atenção no que a Gisele falou. Ainda está com a testa franzida e rindo de uma forma estranha.

Satisfeita com a resposta, Gisele sai do carro e estreita os olhos para mim. Entendo o recado. Ela dá meia-volta e entra na cabana.

Mordo os lábios para diminuir o nervosismo que está começando a tomar conta de mim. Não sei como me despedir dele. Essa noite foi estranha e não faço ideia de como reagir.

— Não acredito — diz ele assim que Gisele some dentro de casa. — Desperdicei tempo pra caramba.

— Como é?

— Sei lá, hoje mesmo... Aceitei até fazer uma camaradagem pro Roger, conversando com a amiga da garota que ele tava pegando. Sei lá, achei que você tava em outra.

Então é isso? A gente simplesmente chegou nesse ponto por causa de um mal-entendido?

— A gente não se vê mais então, né? — diz ele, visivelmente desanimado.

Tento engolir a bola que se formou na garganta e balanço a cabeça lentamente.

— Acho que não.

— Que bizarro. — Ele balança a cabeça. — Faz só uma semana, mas parece que faz um ano.

Assinto.

Ele tem razão. Parece que quanto menos quero me importar com as coisas, mais elas parecem ser importantes para mim. Eu só estava a fim de passar alguns dias na praia, aproveitar a última semana com meus amigos antes de mudar completamente de vida. E o que acontece? Conheço um cara muito legal e outro volta do além para me assombrar. No fim, passo mais tempo me preocupando com eles do que, de fato, me divertindo.

Um casal passa ao lado do carro chamando nossa atenção. O rapaz faz cócegas na menina e ela sai correndo, dando gargalhadas. Eles parecem bem mais felizes do que eu. É para eu estar feliz, não é? Mas por que só sinto angústia?

— Acho melhor eu entrar — digo. — Foi bom te conhecer.

Pela primeira vez durante toda a volta, eu o encaro. Ele me devolve o olhar na mesma intensidade.

— Também achei muito bom te conhecer — diz e sorri. — Sabia que você seria muito mais que um ponto dourado escondido nos arbustos.

Eu sorrio com a lembrança de quando ele me viu pela primeira vez e isso me faz pensar em todo o problema que ignorei a semana inteira: minha família. De certa forma, ignorar me fez muito bem. Não precisei lidar com os problemas dos outros ou confrontar pessoas que deveria amar.

— Tenho certeza que um dia a gente se encontra de novo — comento mais para mim do que para ele.

Nicolas finge refletir por um momento.

— Vou andar com uma garrafa de champanhe sempre comigo, por precaução — anuncia.

— Cuidado para não embebedar menininhas inocentes — brinco.

Mas ele fica tenso.

— Nunca faria isso — diz, sério.

— É claro que não.

Procuro as alças das bolsas que estão aos meus pés, olho para ele e respiro fundo. Ele assente e se aproxima para um abraço. O aperto é firme e acabo descansando a cabeça em seu ombro, com o rosto bem próximo da sua nuca. Ele cheira muito bem e isso me deixa nervosa. Se tem uma coisa que me deixa louca é perfume de homem. O que essas empresas colocam na fórmula? Afrodisíaco?

Eu me afasto um pouco e Nicolas dá um beijo estalado na minha bochecha.

Lugar errado, penso, mas não digo nada. É melhor assim.

— Tchau — sussurro, ainda bem próxima a ele.

— Tchau — responde Nicolas sem se afastar um centímetro.

Desvio minha atenção dos seus olhos para sua boca. Ele umedece de leve os lábios e isso me causa um tremor involuntário. É o bastante para que ele se aproxime e grude a boca na minha. Fiquei tão abalada com o perfume que não consigo controlar a voracidade com que me agarro em seu pescoço e o puxo para mim. Parece que estou sedenta de tanto que me dedico a esse beijo, mas as coisas simplesmente parecem não funcionar muito bem. As mãos de Nicolas pressionam com força a minha cintura e isso parece bom, mas o beijo não encaixa. Estamos em um ritmo completamente diferente — é muito frustrante.

Nos afastamos quase ao mesmo tempo e fico com vergonha de encará-lo. O que acabou de acontecer?

— É... — Nicolas pigarreia. — Acho que não funcionou muito bem. Quer tentar de novo?

Que tipo de pergunta foi essa? Parece que estou tendo uma reprise do meu primeiro beijo aos doze anos. Foi um desastre.

Não consigo segurar a vontade de rir dessa situação vergonhosa. Começo a sorrir e quando vejo estou gargalhando. Nicolas olha confuso para mim, mas não consigo parar. Não consigo respirar por causa da crise de riso, e por isso lágrimas começam a sair do meu rosto. Agora ele me encara em pânico. Isso só deixa tudo muito mais engraçado. Abro a porta para respirar ar puro e me abaixo com a cabeça entre as pernas. Respiro. Inspiro. Respiro. Inspiro.

Nicolas saiu do carro correndo e agora está ao meu lado, sem saber o que fazer.

— Relaxa — digo com dificuldade, tentando não começar a rir novamente.

— Você tá passando mal?

Nego com a cabeça.

— É que isso tudo é muito engraçado — explico e me sento na grama, estendo os braços para trás e fecho os olhos com o rosto virado para o céu.

— Não achei nada engraçado — diz ele, irritado.

— É que simplesmente não rolou. — Faço um sinal indicando nós dois. — E foi engraçado sim.

A luz dos postes não ilumina muito bem seu rosto, mas quase posso ter certeza que está envergonhado. Ele passa a mão pela cabeça várias vezes e então se senta ao meu lado.

— Foi frustrante, isso sim.

— Que nada. Foi melhor assim.

— Um beijo ruim?

— Um final não traumático.

— Foi tudo bem traumático pra mim — diz Nicolas com os olhos arregalados.

É impossível não voltar a rir da situação.

— Claro que não! — Sorrio para ele. — Isso só quer dizer que seremos bons amigos, mas não servimos pra pegação.

Um gemido de decepção escapa da boca dele.

— Qual parte disso é positiva? — pergunta.

— A parte que nenhum dos dois sai machucado — concluo.

Sinto um alívio tão grande que posso dizer que essa foi a parte mais feliz do meu dia.

— O BEIJO não pode ter sido tão ruim como você diz — declara Gisele.

Estamos em uma espécie de reunião em volta da mesa da cozinha na manhã de domingo. As malas já estão na sala e essa é nossa despedida.

— Foi sim — repito e dou uma mordida no sanduíche.

— Estou chocada — declara Barbara.

— Eu também — diz Gisele, com os olhos arregalados.

As duas olham para Yuri, mas ele apenas dá de ombros.

— Ele realmente parecia ter pegada — analisa Barbara, com as mãos dobradas debaixo do queixo. — Que decepção.

— Mas ele tem, o problema foi o beijo — explico, com a boca cheia. — Sabe quando cada um faz uma coisa e não encaixa? Parecia que eu estava dando o meu primeiro beijo da vida. Era língua pra um lado, dente pro outro!

— Deus me livre do primeiro beijo! — exclama Gisele com um tremor.

Ela certamente não teve uma boa experiência, como a maioria dos mortais.

— Acho que o primeiro beijo consegue ser mais vergonhoso que a primeira vez que você faz sexo — diz Barbara.

Todos concordam.

Lembrar do meu primeiro beijo é constrangedor demais. Foi no último ano de catequese e estávamos atrás da igreja. O encontro foi todo preparado pelos nossos amigos. O típico "Minha amiga gosta de você", "Ela quer ficar comigo tal hora?". E eu aceitei. Passei a aula da catequese inteira querendo vomitar e certamente devo ter cometido muitos pecados por estar pensando em beijar um garoto e não nas lições que estavam passando sobre religião e vida dos cristãos.

O beijo foi horroroso. Muita língua. Muita saliva. Muito constrangedor. Fiquei cinco segundos tentando realmente fazer alguma coisa certa em toda aquela coisa melecada em que só conseguia sentir algo parecido com uma lesma dentro da minha boca.

Não rolou.

Levei quase um ano para tentar novamente e o beijo foi... ok. A prática só ficou melhor no ensino médio, mas daí é porque envolvia muitas outras coisas também.

— Pelo jeito apenas o Yuri e a Barbara se deram bem ontem à noite — comento com as sobrancelhas erguidas.

Yuri se afoga com o café que levava à boca e Barbara não tem alteração nenhuma na expressão. Ela trata sempre com muita naturalidade sua vida sexual.

— Nada demais — conclui ela. — Definitivamente não foi um dos piores. E ele sabia fazer um bom trabalho com as mãos para compensar a falta de tamanho.

Ela estende o dedo mindinho e eu seguro um riso.

— É sério?

Ela assente sem remorso pelo comentário sobre o pênis do cara. Como a tia, Gisele trata o sexo com tanta naturalidade que parece que estamos falando sobre o tempo.

— Comprimento ou espessura? – pergunta minha amiga, com uma curiosidade técnica.

Sei que pareço curiosa ao esperar atenta pelo depoimento da Barbara, mas o assunto me interessa.

— Os dois — responde ela, dando de ombros, enquanto pega o último sonho recheado do pacote e coloca em seu prato.

— Teve uma vez que ela precisou procurar o pênis do cara em meio ao pelo e não achou. Então certamente não foi o pior — entrega Gisele, com tranquilidade.

Barbara faz uma careta.

— Nem me lembre! — diz e depois leva os dedos à boca para lamber o açúcar. — Como não consegui achar, nunca saberei se o pelo que era grande ou o pênis que era minúsculo.

Eca.

— Como você fez pra se livrar? — pergunta Yuri, certamente preocupado com o ego do cara.

— Disse que não ia rolar, coloquei minha calça e fui embora — responde Barbara, dando de ombros.

Yuri fica chocado e eu também.

Gisele não se surpreende e Barbara continua tomando seu café como se não fosse nada demais. Será que daqui a alguns anos vou lidar com minha vida sexual dessa forma? Se é que realmente vou ter vida sexual, porque se depender das últimas experiências...

— Tem piroca pra todo mundo — diz Barbara, com segurança. — Eu não preciso ficar em uma missão "em busca do pinto perdido" para me satisfazer. Tenho mãos pra momentos frustrantes como esse. Vida que segue.

Ela coloca um último pedaço do sonho recheado na boca e sorri com o açúcar espalhado pelo rosto. Desse jeito, parece muito mais nova do que realmente é, e se parar para pensar no conteúdo da nossa conversa, essa imagem certamente não se encaixa.

— Muitos anos de Tinder e Happn — explica. — Muita história.

— Da próxima vez coloca um alerta de conteúdo adulto antes de começar a falar — pede Yuri, fazendo careta.

Barbara joga o papel de pão amassado na direção dele.

— Chegou o inocente! — dispara. — Aposto que faz o tipo que só se envolve se tiver amor.

Yuri enrubesce na mesma hora. A vermelhidão se espalha pelo pescoço e quase posso ver chegar até seus braços. Nunca o vi tão envergonhado. Ele engole em seco e foca a atenção no prato.

— Ah, não acredito — murmura Gisele.

— Garotos... — Barbara revira os olhos.

— Tão sentimentais — completo.

E todo mundo cai em uma gargalhada.

Lembro-me de colocar o celular para carregar apenas quando chego em casa. Está sem bateria desde a noite anterior e fico surpresa com o quanto realmente não dei a mínima. Acho que o combo muita cerveja e um beijo ruim deve ter esse efeito. Que droga, bem que o Nicolas podia beijar bem. Quero dizer, não. Foi melhor assim. Foi legal enquanto durou e agora sabemos que não temos nenhuma química. Mesmo assim sinto falta da sua companhia. Ele faz o tipo misterioso, sabe respeitar o espaço alheio e não sente necessidade de preencher o silêncio com qualquer babaquice. Isso tudo só me deixou mais nervosa e com vontade de saber *mais* sobre ele. Não fazer ideia do que esperar dele era o que mais chamava a minha atenção.

Mas agora consigo deixar isso para atrás.

Resolvo tomar um banho antes de sequer começar a pensar em arrumar as malas para viajar amanhã. Meu voo é ao meio-dia e não vai rolar nada de despedida ou coisa assim. Já dei adeus para os meus amigos assim que me deixaram em casa. Meu pai viajou, graças a Deus, e não fala comigo desde a conversa em que deixou muito claro como seriam as coisas a partir de agora.

Quando saio do banho, ignoro mais uma vez a mala aberta no meio do quarto. Deito na cama e dou um jeito de procrastinar olhando mensagens não lidas no celular.

Spams da operadora.

Marcações em fotos do Facebook.

Mensagens do Murilo.

Para ser mais exata, dez mensagens. Todas enviadas enquanto eu estava na praia, ontem à noite. Eu ainda tinha bateria, mas não sinal para recebê-las.

> **Murilo**
> O pai finalmente me liberou e estou indo praí daqui a pouco!
> 20:00

> **Murilo**
> Vamos nos ver hoje?
> 20:01

> **Murilo**
> Tô louco pra comer aquele camarão. Você não tá? Passei o dia inteiro pensando nele.
> 20:01

Como não respondi, ele voltou a insistir, e dessa vez foi em áudio enviado perto das dez da noite.

— Vi que não recebeu as minhas mensagens, mas só pra avisar que tô chegando na Praia do Rosa agora. Se quiser, ainda dá tempo. — Ele dá uma pausa e consigo escutar o rádio tocando baixinho e o barulho de carros, provavelmente está dirigindo. Ouço um suspiro baixo dele. — Beijo.

Algumas horas depois, ele voltou a me mandar mensagens.

— Poxa, Analu... Achei que ia conseguir me despedir, sei lá. Você vai realmente me ignorar por causa de ontem?

Alguns minutos depois tem outro áudio, dessa vez a voz dele está levemente arrastada.

— Estou sentado no nosso lugar. No deque. Tá vazio hoje — descreve. — Viu só? A gente poderia estar aqui. — Escuto um riso frouxo. — Até pensei em ir até a cabana atrás de você, sabe? Mas não quero invadir seu espaço, acho que você deixou tudo bem claro hoje. — Ele dá uma pausa longa e escuto o barulho do mar ao fundo. Fecho os olhos e consigo lembrar perfeitamente como é a vista e a sensação da brisa do mar tocando no meu rosto. É indescritível. O lugar perfeito. — Tô até me sentindo meio bobo de gravar essa mensagem, como se estivesse deixando recado na caixa postal. A sensação é a mesma porque você provavelmente não vai ouvir. Então é isso. — Ele respira fundo. Aguardo por mais alguma palavra, mas a mensagem chegou ao fim.

O que vou fazer com esse cara? Quando finalmente acho que ele fez merda e não vou mais pensar nele desse jeito, ele volta e me manda essas coisas. Que tipo de efeito entorpecente é esse que tem em mim?

Fico em dúvida do que fazer em seguida. Dessa vez, evito contar para Gisele sobre as mensagens que acabei de ouvir. Eu sei que tipo de comentário ela vai fazer e não é o que quero ouvir. Então é por isso que não mando os *print screens* da tela ou encaminho as mensagens de áudio como sempre faço para pedir seus conselhos.

— Que droga, Murilo — sussurro para o meu quarto silencioso, porque sei que não deveria fazer o que estou fazendo neste exato momento.

Respondendo.

> **Analu**
> Não te bloqueei ☺
> Estava apenas sem sinal e depois fiquei sem bateria.
> 18:13

Ele lê a mensagem no mesmo minuto e fico encarando apreensiva o "Digitando..." que aparece na tela. Não demora muito para que eu receba uma resposta.

> **Murilo**
> Ufa! Ainda não me odeia.
> 18:13

> **Analu**
> Ainda?
> 18:14

> **Murilo**
> Nãooooo! Nada de ainda!
> Esquece o ainda!
> 18:14

Acho engraçado e fofo seu desespero. Antes de responder, espero ele terminar de escrever a próxima mensagem. Ele pergunta o horário do meu voo e lamenta que não vai poder se despedir pessoalmente antes de eu ir para São Paulo.

> **Murilo**
> Acho que essa é uma boa desculpa pra você voltar pro Carnaval.
> 18:20

> **Analu**
> Qual? Você? Acho que vou precisar de mais motivos.
> 18:21

> **Murilo**
> Hum... vou providenciar então.
> 18:21

> **Analu**
> Eu tava brincando! Não vou voltar.
> 18:22

> **Murilo**
>
> 18:23

> **Analu**
> ??
> 18:24

E ele não fala mais nada! Argh!

Isso que dá não cortar as coisas do começo — agora vou ficar pensando sobre isso. Sobre o que poderia acontecer... O que será que ele quis dizer? Amaldiçoo o fato de não poder contar com Gisele para decifrar cada significado misterioso da conversa. Sem condições de envolvê-la mais uma vez nisso. Ela avisou, afinal. Estou nessa por minha conta e risco.

Burra, burra, burra.

Jogo o celular de lado com um xingamento e vou até o armário.

— O que eu preciso pra sobreviver um mês? — me pergunto e mordo a bochecha, em dúvida. Olho para trás, mas o celular continua exatamente como deixei: com a tela apagada. Respiro fundo e tento recuperar o foco. Não dá para pensar nisso agora, tenho toda uma vida nova pela frente.

Eu deveria saber que ficar num ambiente fechado com a minha mãe por trinta minutos seria uma tentativa de lavagem cerebral ou de me enlouquecer totalmente.

Faz cinco minutos que saímos de casa e ela simplesmente não para de falar.

— Olha lá, hein, Ana Luísa. Quero que você me faça uma chamada de áudio de todos os apartamentos que for visitar — avisa assim que entramos na BR-101 em direção a Jaguaruna.

Ela me olha de lado para ter certeza que escutei e eu confirmo.

— Eu deveria ir com você! — diz, tensa. — Não entendo essa sua necessidade de querer fazer tudo sozinha!

Mordo a língua para não responder que, se ela fosse comigo, provavelmente arrumaria uma briga do século com meu pai. Ele deixou bem claro que não custearia minhas loucuras, e isso provavelmente se estende à minha mãe me ajudando a encontrar apartamento em São Paulo.

— Ah, nada de dividir, hein! — avisa. — Só Deus sabe com que tipo de maluco você pode acabar dividindo apartamento.

Sabe que eu nem tinha pensado nisso? O tempo todo planejei alugar algo bem pequeno e barato, mas sozinha. Acho que a necessidade de finalmente tomar os rumos da minha vida me deixou limitada e nem considerei a opção de morar com alguém.

Encontrar um apartamento para dividir seria a melhor opção, porque diminuiria um pouco as chances de torrar a grana toda que tenho guardada em apenas alguns meses. Não faço ideia se vou conseguir encontrar um emprego logo, então preciso considerar opções mais vantajosas.

— Qual é o horário do seu voo mesmo?

— Meio-dia — digo, sem animação, e ela encara o horário do painel. Está visivelmente mais nervosa que eu.

Fico aliviada quando vejo as primeiras placas anunciando que estamos chegando ao aeroporto. Não demora muito para enxergarmos o estacionamento e, enfim, minha mãe fazer uma curva fechada para a esquerda. O aeroporto é do tamanho de uma caixa de fósforos, mas não posso reclamar, cumpre o seu papel: tem aviões e um deles me levará até meu destino.

Despacho as bagagens e minha mãe insiste para que eu aguarde com ela mais alguns minutos antes de entrar na sala de embarque.

— Não faço ideia de quando verei a minha filhinha novamente — diz como se estivesse falando comigo quando criança. — Tenho direito a ficar pelo menos mais dez minutos com você, certo?

Assinto, mas confiro rapidamente o celular — ainda faltam 40 minutos para o embarque. Mais cinco e posso dizer que preciso pegar a fila da máquina de raios x. Apesar de saber que todas as pessoas que estão na fila neste momento pegarão o mesmo voo que eu.

Gisele, Yuri, Barbara e Nicolas me mandaram mensagem desejando boa sorte. Porém, senti falta de uma mensagem em especial. Desde ontem à noite Murilo não falou mais nada. Eu já deveria saber lidar com isto, mas achei que depois de tudo que ouvi ontem, no mínimo, ele me mandaria uma mensagem positiva. Ele simplesmente sumiu do mapa, apesar de eu ter visto que ficou on-line por um bom tempo depois que falou comigo.

Já está mais do que na hora de me livrar destes pensamentos. Finalmente estou com o bilhete em mãos para o meu destino dos sonhos. Não faz sentido esperar qualquer coisa de alguém neste momento. Sou a dona do meu próprio destino.

— Atenção passageiros do voo com destino a São Paulo. Gostaríamos de avisar que a aeronave já se encontra em solo e em breve realizaremos o embarque de passageiros — uma voz engraçada anuncia no alto-falante.

— Acho que chegou a minha hora — aviso, aliviada, e levanto da cadeira fazendo mais barulho do que gostaria.

Apesar da expressão de choro, minha mãe não deixa lágrima alguma cair. Ela corrige a postura e olha para mim com ternura e seriedade.

— É com você agora — diz ao me abraçar.

Ela consegue se controlar muito bem, mas eu ainda não aprendi essa técnica. Meus olhos se enchem de lágrimas que embaçam a visão.

— Desculpe — sussurro em seu ouvido, ainda abraçada a ela.

Minha mãe se afasta devagar e me olha intensamente.

— Um dia você vai compreender todas as minhas escolhas.

Por fim, ela estala um beijo em minha bochecha, se afasta e respira profundamente, cruzando os braços. Penduro a bolsa nos ombros e vou em direção à fila da segurança. Quando olho para trás, minha mãe acena e desce as escadas.

Estou sozinha.

As lágrimas que haviam se acumulado em meus olhos agora caem como se eles fossem torneiras. Estou definitivamente passando vergonha.

O senhor que aguarda na minha frente fica com tanta pena que me oferece um lenço daqueles de tecido que só os mais velhos levam no bolso da camisa. Olho desconfiada para o pedaço de pano e recuso da forma mais gentil que posso.

Devo ter um lenço de papel em algum lugar.

Vasculho o buraco negro que chamo de bolsa, mas nem sinal da caixa de lenços. Eu me abaixo e apoio a bolsa no chão. Tem que estar aqui. A fila anda e eu me arrasto de lado, meio dança do caranguejo, para não deixar um buraco se formar.

Onde diabos tá o meu lenço?

As lágrimas até pararam de cair, mas agora é questão de honra. Mexo mais uma vez na bagunça e então sinto a caixinha de papelão. Retiro da bolsa os lenços de papel com satisfação, só para voltar a coloca-los lá dentro. Meu rosto já está seco.

Quando fico em pé novamente dou de cara com a última pessoa que eu esperava encontrar neste aeroporto. Murilo está a uma distância de dois passos de mim. Com as mãos nos bolsos da calça jeans, ele me olha com a cabeça levemente abaixada. Um sorriso torto se forma em seu rosto e fico sem ar.

— Eu falei que ia me despedir — diz Murilo assim que se aproxima de mim. Como o aeroporto é pequeno, a fila dos raios x se forma antes da passagem pela segurança, possibilitando sua proximidade sem qualquer problema com o homem com cara emburrada que confere os bilhetes.

— Mas...

Estou confusa. O que ele está fazendo aqui?

— Não se preocupa. Tô com o que restava da minha mudança no carro. Estava voltando pra casa e aproveitei que o aeroporto ficava entre Porto Alegre e Tubarão — explica depois de ver minha expressão desconfiada.

Até que essa explicação faz sentido. Olho para a fila, três pessoas ainda aguardam na minha frente para passarem pelos raios x. Ele não pode demorar muito.

— Vou fazer companhia até chegar a sua vez.

Murilo pisca para mim e observa o movimento do pequeno aeroporto. Quando a fila anda mais um passo, ele me acompanha.

— Fica meio difícil a parte da despedida quando você não fala nada — comenta ele baixinho.

— Você me pegou de surpresa — observo.

— Essa era a intenção — diz ele, orgulhoso.

— Então não pode cobrar que eu fale muito, não me preparei.

Murilo franze a testa e me encara.

— Precisa?

— Com você? Sim — respondo e ergo as sobrancelhas.

A fila avança mais uma vez. A próxima pessoa é um homem cheio de penduricalhos de metal, vai demorar.

— Volta semana que vem — pede Murilo. — Vai poder se preparar a semana toda pra isso.

Balanço a cabeça, mas ele não me deixa responder e pega minha mão direita.

— Por favor.

Dou uma olhada ao redor para ter certeza que ele não está chamando muita atenção. Não quero nem imaginar a breguice dessa cena para quem está acompanhando de longe. Puxo a mão rapidamente quando o segurança pede para que eu me aproxime. Mostro o cartão de embarque e o leitor solta um bipe quando passa pelo código de barras. Olho para trás e Murilo está aguardando com expectativa pelo espaço entre a porta e o segurança.

Por quê?

Por que ele faz isso comigo?

Balanço a cabeça afirmativamente. É a única resposta que dou. Mas é o suficiente para ele substituir a expressão de apreensão por um sorriso. Neste mesmo momento, a moça da vistoria pede que eu me aproxime. Não olho mais para trás. Tenho certeza que vou me arrepender do que acabei de fazer.

15

CINCO dias depois de ir embora, eu já estou de volta a Santa Catarina. Avisei a minha mãe que chegaria no sábado e que não precisaria se preocupar em me buscar. Mas, na verdade, hoje é sexta-feira, estou aguardando a mala e, em alguns minutos, vou encontrar Murilo no outro lado da porta à direita. Eu simplesmente não consegui lidar com a forma como nos despedimos e agora estou de volta.

Durante o voo, prometi a mim mesma que essa vai ser a despedida. O ponto final. Preciso finalmente me conformar que o que houve ou há entre nós chegou ao fim. Achei que poderia superar depois de encontrá-lo na Praia do Rosa e, finalmente, desabafar, mas o tiro saiu pela culatra. O efeito que Murilo causa em mim é perigoso e, desta vez, estou pronta para deixá-lo no passado de vez. Na semana que vem, quando voltar para São Paulo, não poderei levar mais nenhuma dúvida na bagagem. Tenho que me dedicar de corpo e alma ao início de uma nova vida.

Assim que a mala chega, um misto de nervosismo e alegria toma conta de mim. Ele está lá fora me esperando. Mas e se não estiver? E se foi tudo mais uma fantasia? Bom, pelo menos vou acelerar em um dia essa superação. Na pior das hipóteses, ele me dá um bolo hoje e eu sigo a vida.

Quando avanço pela saída de passageiros, abro um sorriso que não consigo evitar. Ele está lá, bem no fundo, atrás de dezenas de pessoas que esperam outros passageiros. Seu rosto também se ilumina quando me vê.

— Você veio — diz quando me aproximo.

— *Você* veio — rebato em resposta e dou um passo para mais perto.

Estamos a uma distância de meio passo. Será que devo abraçá-lo? Esperar ele se aproximar? *Mas que droga, não faço ideia do que fazer!* Alguém tropeça na minha mala e todo o clima vai embora.

— Vem, a gente não pode perder tempo. — Ele pega minha mão e me conduz em direção ao estacionamento.

Eu, definitivamente, não queria perder tempo algum. É por isso que paro na calçada e puxo Murilo para mim. Antes que eu possa pensar em qualquer coisa, já estou acariciando seu cabelo macio e pressionando meu corpo contra o seu. Ah, como senti falta disso.

O beijo é exatamente como me lembrava. Ao mesmo tempo suave e fantástico. Assim que se recupera do susto, ele parece se lembrar o que deve fazer, seu braço desliza pela cintura enquanto o outro segura minha cabeça. Já estou ficando sem ar, mas não consigo me afastar. Estava com tanta... saudade. Sua língua me convida a fazer movimentos ritmados e tudo se encaixa perfeitamente.

Alguém pigarreia atrás de mim e me afasto rapidamente dele. Um senhor queria passar pela gente, mas estávamos bloqueando o caminho para o estacionamento.

Ai meu Deus, o que eu acabei de fazer em plena luz do dia, no meio do aeroporto?

— Uau! Que cena de cinema — murmura Murilo nem um pouco envergonhado, voltando a se aproximar. Ele segura meu queixo e levanta meu rosto em sua direção, mas não consigo encará-lo, estou constrangida demais com a situação toda. Ele beija minha boca de leve. — Estava com saudades.

Deixo escapar um gemido de prazer e isso faz com que o rosto de Murilo se ilumine.

— Ainda bem que a gente tem um tempão para colocar o papo em dia — diz, ainda sorrindo. Ele pega a alça da mala que está caída na calçada e segura minha mão. Minhas pernas ainda estão moles, mas, com certa concentração, consigo caminhar até o carro.

Decidimos ficar em Tubarão mesmo. A casa dos pais de Murilo na Praia do Rosa está ocupada com amigos por causa do Carnaval e rejeitei completamente a ideia de ir para lá. Vamos para o seu novo apartamento; ele não quis voltar a morar com os pais, porque já estava acostumado demais a ter sua independência. Então encontrou um apartamento pequeno, mas confortável, próximo da universidade.

— Não repara na bagunça — avisa assim que abre a porta.

Foi irônico, é claro. Murilo é o cara mais organizado que já conheci e continua o mesmo. A sala ainda não tem móveis, mas a cozinha já está toda equipada com o que qualquer homem solteiro morando sozinho pode precisar: micro-ondas e muitos pacotes de macarrão instantâneo.

— Pode deixar que vou pedir alguma coisa pra gente comer. — Ele se adianta assim que vê minha expressão debochada ao encarar a pilha enorme de miojo em cima do balcão, organizados por sabor. — Ou a gente pode sair para comer.

Olho com malícia.

— Acho que não tô muito a fim de sair daqui.

Ele sorri e me puxa para perto. Suas mãos exploram minha cintura e encontram um espaço entre a camiseta e a calça jeans. Ele não me beija, mas se aproxima o suficiente para me provocar com os lábios deslizando de leve na pele em torno da minha boca, no queixo, no pescoço... demora um pouco mais exatamente no lugar que o meu pulso está mais evidente e dá um beijo demorado.

Murilo me levanta para me posicionar em cima do balcão da cozinha, cruzo as pernas em volta dele e minhas mãos procuram suas costas. Quero me livrar da camada de roupas que me impede de senti-lo. Puxo o tecido sem cerimônia, e ele deixa escapar um riso quando me afasto para retirar sua camiseta pela cabeça.

Lentamente deslizo minhas mãos pelo pescoço, peito e então os braços. Ele me observa enquanto analiso com muito cuidado cada pedacinho dele. Cada parte daquele corpo que ainda estava gravado na minha memória como se tudo tivesse acontecido ontem.

Quando volto minha atenção para o rosto, ele está com aquele sorriso torto, com direito a covinha e tudo. Meu Deus, não tenho mais controle algum.

Ambos estamos ofegantes e sustentamos o olhar por algum tempo. Será que ele está considerando o mesmo que eu?

E agora? O que faremos em seguida?

É óbvio que sei o que vamos fazer agora no apartamento dele. Mas e depois? Onde tudo isso vai dar?

Murilo deve ter cansado de pensar, porque me pega no colo e me leva para a cama no quarto do outro lado do apartamento. Voltamos a nos beijar como se o mundo fosse acabar hoje. Eu pareço uma maluca, sedenta. Deixo escapar uma risada quando me lembro do beijo com Nicolas. Desta vez é muito diferente. É como se Murilo e eu fôssemos feitos para isso.

Eu o deixo tirar minha camiseta, mas quando desliza as mãos para abrir a minha calça eu o detenho. Murilo me olha, confuso. Ergo uma sobrancelha e faço um gesto em direção à sua calça. Os caras sempre acham que podem deixar as garotas peladas antes de sequer tirarem o jeans. Não mesmo. Ele assente quando entende o que quero dizer e se levanta rapidamente para tirar a calça. Passa um tempo atrapalhado com o botão, mas geme de alívio quando se livra do jeans, exibindo uma cueca boxer preta. Ainda bem que não está de meia.

Agora sim.

Eu fico em pé em cima da cama, me equilibrando no colchão que não é muito rígido. Estou só de sutiã preto e, lentamente, abro o botão da calça e vou tirando a peça devagar. Murilo faz um movimento em minha direção, mas estendo a mão e o impeço de chegar perto. É só para observar.

Ele volta a ficar em pé, afastado da cama, e coloca as mãos na nuca. Engole em seco várias vezes enquanto me observa tirar a roupa. Quando estou só de sutiã e calcinha, sento e me arrasto até a cabeceira da cama. Murilo respira fundo e solta um gemido. Sorrio e assinto, ele sabe o que isso quer dizer.

Dessa vez, com mais cuidado, ele se aproxima. Desliza as mãos pelas minhas pernas, subindo devagar. Quando chega nas coxas, Murilo começa a dar beijinhos e me encara quando chega na virilha. Fecho os olhos e mordo os lábios de prazer. É o que ele precisa para continuar.

Murilo leva um tempo brincando com a renda da beirada da calcinha e, assim que decide que está na hora de tirá-la, uma batida na porta de entrada o interrompe. Abro os olhos na mesma hora e ele faz um sinal para que eu fique em silêncio.

Quem quer que seja do outro lado, não desiste por não obter resposta alguma e bate mais uma vez. E com mais força.

— Murilo, sei que você tá aí, abre logo a porra dessa porta! — grita uma voz masculina.

Murilo bufa e afunda a cabeça na minha barriga.

— Que droga! — xinga baixinho.

Outra batida.

Ele se levanta e coloca a calça jeans em muito menos tempo do que levou para tirá-la. Só quero saber como vai explicar o volume que é impossível de não notar.

Antes de sair, ele se vira para mim.

— Relaxa, já vou me livrar dele.

Então fecha a porta e eu me encolho, buscando um lençol para me cobrir. De uma hora para outra fui de louca para transar para alguém querendo fugir e se esconder. Fico quieta e me concentro em escutar a conversa.

— Sabia que você tava em casa! E pelo jeito ocupado. — Em seguida a pessoa ri.

— Por que você não tá na praia? — pergunta Murilo, trocando de assunto.

— Eu vim buscar a cerveja, lembra?

— Ah, droga, tá no meu carro. Passei no mercado antes de...

Murilo para de falar quando percebe que ia falar de mim.

— Tá, tá, já entendi — diz o cara. — Mas e a cerveja? É tudo que quero saber.

— Já vou descer. Deixa eu pegar a chave do carro.

Escuto Murilo vir em direção ao quarto antes dele abrir a porta. Apenas o suficiente para conseguir passar, fechando-a logo em seguida e impedindo que o visitante me veja.

— Vou precisar descer rapidinho — avisa, falando bem baixo enquanto procura alguma coisa no chão.

221

— Esqueci que tava com a bebida dos caras. — Ele encontra a chave, coloca a camiseta, vem até mim e me dá um beijo. — Te explico depois. Já volto.

Então sai novamente pela porta.

Penso em ligar para Gisele e contar o que acaba de acontecer, mas como vou explicar que voltei um dia antes só para ficar com Murilo? Ela certamente pararia de falar comigo. Eu ter topado me meter nessa furada de novo ela até poderia aceitar, mas com certeza me ignoraria totalmente assim que eu voltasse a reclamar de quem ela havia me avisado que não era para dar mais uma chance.

É por isso que fico na cama dele, me sentindo um lixo, sozinha.

Murilo deve ter demorado bastante para voltar, porque pego no sono e só acordo quando ele me chama. Pelas frestas da janela consigo ver que já está escuro.

— Desculpa, desculpa, desculpa — pede entre beijos no topo da minha cabeça. — O Léo me arrastou até o mercado de novo porque não comprei as coisas certas. E sabe como é esse lugar em véspera de Carnaval, né? Fiquei quase uma hora na fila.

Estou um pouco atordoada, parte do meu cérebro ainda deve estar dormindo.

— Quanto tempo dormi? — pergunto, sonolenta.

— Não sei — responde e respira fundo. — Mas faz umas duas horas que saí.

Eu me sento rapidamente.

— Você me deixou duas horas dormindo?

Murilo tenta me abraçar, mas eu o afasto.

— Desculpa! Queria subir, mas o Léo tava enchendo o saco pra gente ir logo. Tentei ligar e mandar mensagem, mas você não me atendeu nem respondeu...

O meu celular. Onde está meu celular?

— Ah, droga, tá lá na cozinha — digo.

Eu me deito de novo e bufo. Murilo me puxa para perto.

— Vou compensar, prometo.

Tanto faz.

— Vou tomar banho. Posso usar o banheiro? — pergunto secamente.

Ainda estou puta da vida por ele ter me deixado duas horas esperando, seminua, no apartamento.

— Claro — responde com tristeza no olhar e aponta para a outra porta no quarto.

Balanço a cabeça e saio rapidamente, indo até a sala onde deixei minhas coisas. Conseguir andar tranquilamente pelo apartamento, apenas de calcinha e sutiã, me surpreende. Parece algo que faço o tempo todo. Acho que isso se dá pelo fato de que Murilo foi o cara com quem transei mais vezes na vida. Não foi o primeiro, graças a Deus. Mas foi o que me viu mais vezes pelada. Então realmente não tenho problemas que me veja andando por aí. Mesmo depois de anos.

Quando encontro minhas coisas para o banho, passo por ele mais uma vez em direção ao banheiro. Está com a testa franzida, e com uma expressão arrependida.

Que bom. Espero que sofra mesmo.

Então me tranco no banheiro. Posso até andar pelo apartamento como se não fosse nada, mas ter a privacidade do meu banho interrompida já é demais.

Quando saio, Murilo está ao telefone. Ótimo, deve ser mais um motivo para ele sair correndo daqui para salvar algum amigo, de novo.

— Isso, um x-frango completo e um x-bacon sem salada com porção extra de batata palha — diz ele, sem me ver. Quando dá meia-volta, se surpreende com a minha presença e então dá um sorriso de leve.

— Quanto tempo pra chegar?

Ele lembra. Devo estar muito enganada ou ele acabou de pedir o meu lanche favorito — x-bacon sem salada com porção extra de batata palha. Meu estômago resolve se manifestar neste exato momento.

— Ah, dá pra trocar a maionese pelo catchup?

Essa é uma das coisas que temos em comum. Não gostamos de maionese e sempre pedimos para trocar por catchup. E, sim, coloco catchup até mesmo na pizza — não faço ideia de como vai ser a minha vida em São Paulo sem poder entupir as fatias de catchup, algo que, para os paulistas, é o fim quando se trata de pizza. Mas o que eles sabem de comida? Colocam purê no cachorro-quente, enquanto todo mundo sabe que batata palha é a melhor combinação. Para tudo.

— Ah, que ótimo. Muito obrigado, vou aguardar — diz Murilo e então desliga o telefone e se vira para mim. — Pronto, de fome a gente não morre.

Eu realmente gostaria de continuar brava, mas ele acabou de se lembrar do meu pedido favorito e de trocar maionese por catchup. Acho que estou me apaixonando de novo.

Estou brincando, é claro.

Mas devo admitir, comida é meu ponto fraco. E é irritante como a memória do Murilo é boa. Parabéns, vai pegar muita mulher com isso.

— Quer ver um filme? — sugere.

Ergo a sobrancelha e cruzo os braços.

— Você realmente trocou a primeira noite oficial de Carnaval para ver filme e comer?

Murilo fica surpreso com a minha pergunta, e coça a cabeça.

— Sim — responde sem vestígio de ironia. — Tenho amanhã e depois de amanhã também. Vai ser a mesma coisa, então um dia a mais ou a menos...— Ele dá alguns passos na minha direção. — E pelo que me lembro, você não me deu escolhas, decidiu que ficaria só um dia comigo.

Isso é verdade. Aceitei ficar com ele mais uma vez porque todo meu corpo pedia por isso, mas teria que ser sensata o suficiente para saber quando parar. Foi então que escolhi ficar apenas um dia; nos próximos ficaria em casa ou com meus amigos para voltar para São Paulo na quarta-feira de cinzas. Já está tudo planejado.

— É a nossa despedida, afinal — sussurro quando ele chega tão perto que consigo sentir sua respiração. Qualquer vestígio de raiva que eu sentia se perdeu completamente. Ele balança a cabeça concordando comigo e umedece os lábios. — Acho bom a gente só fazer isso quando tiver tempo pra terminar — aviso.

Murilo solta uma risada e se afasta um pouco.

— Você tem razão — diz e olha para o relógio no pulso. — A comida vai chegar logo. Acho que vou tomar banho. Tudo bem?

Concordo e aviso que vou ver algo na TV do quarto enquanto espero. Em seguida ele se fecha no banheiro. Sem trancar a porta. Mordo o lábio considerando entrar ou não. Não me sinto à vontade quando interrompem meu banho, mas toparia fazer isso com ele. Se ele não estivesse a fim, com certeza trancaria a porta, certo?

Caminho até a porta e aguardo, com nervosismo, ele ligar o chuveiro. Assim que escuto o barulho da água caindo, avanço um passo, mas a porta se abre antes que eu possa fazer qualquer coisa. Murilo está pelado na minha frente e encosta o ombro na soleira da porta, sorrindo.

— Acho que dá tempo de a gente se divertir, sim.

Antes que eu possa responder, ele me puxa pela cintura para dentro do banheiro, fecha a porta e me pressiona contra a parede. Murilo tomou conta da situação e não consigo pensar em coisa alguma, só que o quero e o mais rápido possível.

Murilo se abaixa e retira com delicadeza o short jeans que coloquei depois do banho. Assim como fez mais cedo, ele me provoca ao máximo antes de me permitir fazer o mesmo. Para exatamente onde estava antes de sermos interrompidos, na minha virilha. Ele brinca com a calcinha e olha para mim, sorrindo. Desliza as mãos pela minha cintura e faz um movimento para incentivar que eu tire a camiseta. Faço o mais rápido que posso. Mas isso não faz ele acelerar. Tenho vontade de gritar, agoniada e impaciente. Por que tá demorando tanto?

Ele vai subindo aos poucos pela minha barriga, pelos meus seios, meu pescoço e então desvia até a orelha.

— Acha que temos tempo? — sussurra.

Dou um grunhido e agarro seu pescoço.

— Se eu não tiver acabado, eles que esperem — digo, desesperada.

16

ACORDEI no sábado mais cansada do que quando cheguei de viagem. A noite foi... agitada. Meu corpo não estava mais acostumado a tanto exercício. Mesmo desperta e na cama, não consigo me mexer. Quando abro os olhos, Murilo já está acordado encarando o teto, pensativo.

Mudo de posição, me enrolando no edredom e me protegendo do frio do ar-condicionado. Ele me olha, sorri e me envolve com um braço, me aninhando em seu peito. Consigo ouvir o seu coração, que bate calmamente. Bem diferente do meu, que fica descompassado com qualquer gesto de intimidade dele. Ficamos em silêncio por muitos minutos. Nunca passei por isso — dormir e acordar ao lado do cara com quem acabei de passar a noite inteira transando. Sempre volto para casa logo depois que tudo termina. É por isso que não faço ideia de como agir no *dia seguinte*. Inclusive tento manter a boca o mais longe possível dele. Ainda nem escovei os dentes, mas ele me puxa para perto! Ok, não posso reclamar, é uma sensação muito gostosa. Que vou abandonar de vez daqui a pouco.

— No que você tá pensando? — pergunta Murilo.

Respiro fundo e levo um tempo para responder, ainda decidindo se realmente devo falar a verdade. Antes disso olho para ele, quero avaliar sua reação às minhas palavras.

— Que eu gosto dessa sensação.

É, disse a verdade. Percebo que seu pomo de adão sobe e desce algumas vezes antes de me responder algo.

— Eu também. — É o que escapa dos seus lábios e em seguida Murilo me beija na cabeça. — Eu também.

Não consigo notar sinceridade em suas palavras, porque o nervosismo toma conta dele. Assim como eu, Murilo parece não saber muito bem como lidar com a situação. É por isso que me arrependo de ter falado em voz alta o que estou sentindo.

— Tenho que ir — digo, me levantando. Apoio meu corpo nos antebraços e puxo o edredom para me cobrir. Não só para me proteger do frio, mas porque, de repente, me sinto vulnerável. Ele já me viu nua muitas vezes, mas não é só por fora que estou exposta.

Murilo rola o corpo e fica de frente para mim, com a cabeça apoiada em uma das mãos.

— Acho que ainda dá tempo de se despedir de verdade — sussurra com os olhos castanhos brilhando.

Eu rio e o empurro para longe.

— Tenho certeza que a gente está se despedindo desde ontem à noite — observo.

Murilo faz um bico e ergue as sobrancelhas como o gato do Shrek. Simplesmente balanço a cabeça, não vai me convencer. Então ele se aproxima novamente e prende uma mecha de cabelo bagunçado atrás da minha orelha.

— Vou sentir sua falta — admite, com a voz séria.

Um suspiro de desgosto escapa de mim. Não deveríamos transformar isso em mais um capítulo da nossa novela mexicana. Já sabíamos que esse realmente seria o fim.

— É melhor não irmos pra esse lado — digo e desvio o olhar, porque tenho certeza que ele consegue ver, escrito no meu rosto, que estou mentindo.

— Eu poderia ir pra São Paulo te ver — sugere.

— E você também poderia voltar algumas vezes, sua família mora...

— Murilo, não! — Meu tom é mais severo do que gostaria. Mas ele não pode me pedir para criar expectativas de algo que não vai dar certo.

Fecho os olhos e procuro não encará-lo. Não posso ceder. Eu sei que é a receita do sofrimento futuro. Nunca vamos dar certo.

Murilo segura o meu queixo e vira meu rosto para que fique de frente para ele. Mas ainda mantenho os olhos fechados.

— Ei — chama. — Olha pra mim.

Mordo os lábios, nervosa, e deixo o ar escapar pela boca.

— Olha pra mim, Analu — pede mais uma vez.

Abro os olhos. Não estou chorando. Ainda. A angústia já começou a se formar no peito e quando as lágrimas vierem, tenho certeza que não vou conseguir controlá-las.

— Confia em mim — diz ele.

Engulo em seco. O que está me pedindo é quase impossível. Não consigo deixar para trás a lembrança de sofrimento que me causou. Dizem que sou rancorosa, mas tenho uma memória muito boa quando se trata de mágoas e simplesmente não consigo deixar isso para trás. É como se tivesse um registro próprio de todos os que me machucaram, e vou riscando os nomes de cada um da Lista de Pessoas em Quem Posso Confiar. É automático.

— Não posso decidir agora — digo baixinho, com a voz embargada. Minha atenção está na borda do edredom pela qual estou passando os dedos; ainda não consigo olhar para Murilo. — Não coloca mais isso nas minhas costas. Já é difícil demais lidar com tudo que vai acontecer daqui pra frente. — Meu coração parece lutar para se libertar do meu peito, de tão alto e forte que ele bate. Respiro fundo e olho profundamente nos olhos de Murilo. — É muito egoísmo seu me pedir para renunciar à liberdade de construir uma nova vida.

Vejo seu rosto refletindo vários sentimentos. Primeiro, o choque — realmente não esperava minhas palavras. Depois, raiva — dessa vez fui eu quem o machuquei. E então, amargura. Eu vejo o maxilar quase quebrar de tanto que cerra os dentes.

Murilo então concorda. A aceitação. Desvia o olhar e volta a ficar de costas para a cama. Encara o teto por algum tempo e então se levanta. Durante esse tempo, não consigo agir, apenas esperar pelo que ele vai fazer a seguir.

— Então acho que devo te levar pra casa — diz calmamente.

Nenhuma briga, nenhuma discussão, nem mesmo uma resposta mais raivosa. Ele simplesmente faz o que pedi. Isso me machuca muito mais do que se ele tivesse continuado a insistir. Porque sei que estou lutando contra o sentimento, acreditando que é o melhor para mim. Se nunca houve futuro para nós, dois anos atrás, não é agora que vai haver.

Ninguém fala nada por todo o trajeto até a casa dos meus pais. Murilo não está bravo, mas quieto, o que é pior. Ele nunca fica calado. É o tipo de pessoa que sempre preenche o silêncio das conversas com algum comentário engraçado, ou puxa algum assunto aleatório como se fosse a coisa mais natural do mundo.

Não estou acostumada com essa sensação de que acabei de destruir algo. Será que ele chegou a sentir isso há dois anos? Ou para ele não foi importante a ponto de sentir falta? Naquela época ele não insistiu na nossa relação. Apenas aceitou que tinha chegado ao fim.

É por isso que a nossa conversa mexeu tanto comigo hoje. É algo totalmente diferente. Se fosse há dois anos, eu teria acreditado completamente nas suas intenções. Mas não funciona agora. E dói.

Quando ele estaciona na frente da minha casa, André está caminhando em direção ao seu carro e se surpreende quando me vê ali. Porém, meu irmão abre um sorriso enorme. O sorriso não é para mim, é claro. Mas para Murilo. Parece que os dois colegas de profissão já estão ficando amiguinhos.

— Murilo! — cumprimenta André, se aproximando do carro. — Uau. — Ele olha para mim. — Tá aí uma coisa que nunca imaginaria.

Reviro os olhos para o comentário. Como reagiria se eu falasse que foi só um gostinho do que aconteceu faz muito tempo? Mas estou tão exausta que simplesmente ignoro e me viro em direção a Murilo, que agora está do meu lado depois de tirar a bagagem do porta-malas.

— Obrigada — digo, um pouco mais formal do que o necessário para quem acabou de passar as últimas 24 horas se agarrando.

O que faço a seguir? Um beijo no rosto? Um abraço? Como se despedir de alguém que acredito que nunca mais vou ver na vida? E, pior, como faço isso tendo meu irmão gêmeo como espectador?

— Valeu pela carona. — Escolho o mais seguro e dou um sorriso sem vida.

Murilo apenas assente em silêncio, mais uma vez. Então olha para André Luís e sorri, simpático.

— Ansioso pra começar a trabalhar na construtora? — pergunta com naturalidade.

É claro. Eles trabalhariam juntos a partir da semana que vem na Genovez Empreendimentos, já que nossos pais são sócios. Foi por isso que voltou. A ironia da vida é que ele ficaria muito mais perto da minha família agora. E bem longe de mim.

Os dois começam uma conversa e sinto que é hora de entrar. Pego a mala e faço menção de andar até a casa, mas meu irmão me chama.

— Estou indo pra Florianópolis hoje — anuncia, como se eu realmente quisesse saber. Ele deve ter lido meu olhar de confusão, porque explica logo em seguida. — Só pra avisar.

Reviro os olhos e volto a puxar a mala em direção à porta de entrada. O cheiro do shampoo de Murilo que exala do meu cabelo está me deixando enjoada. Não vejo a hora de me livrar de qualquer vestígio da noite passada. Antes de entrar, olho uma última vez em sua direção. Murilo me olha de soslaio, mas logo volta a atenção para a conversa com meu irmão.

Por incrível que pareça, mais uma vez me afasto dele sem dizer tchau.

A casa fica silenciosa a tarde inteira. O último som que ouvi foi o barulho do motor do carro do André partindo algumas horas atrás. A vizinhança também está em silêncio. Todos devem ter viajado no feriado.

Minha mãe havia saído antes do meu irmão para resolver algum problema e até agora não voltou. Estou sozinha e me arrependo de não ter combinado de ver meus amigos. Eles certamente devem estar se divertindo na Praia do Rosa. Aceitaram dividir uma barraca e ficar na grama da cabana de Barbara. Acredito que foi muito mais o Yuri convencendo Gisele a aceitar, mas o que importa é que estão se divertindo neste momento. Eu espero.

Resolvo passar o tempo navegando no Pinterest atrás de algumas ideias para o meu quarto em São Paulo. Contrariando minha mãe, eu havia encontrado um apartamento em um bairro bem localizado e vou dividir com mais duas meninas. Portanto, tenho que me preocupar apenas com a decoração do quarto e não de uma casa inteira, o que significa uma boa economia.

Salvo algumas fotos de referência e começo a consultar os preços nos sites recomendados pelos blogs de decoração. Se depender do dinheiro que tenho guardado para fazer isso, a decoração vai demorar para ser concluída.

Meu celular começa a tocar, mas não reconheço o número. Não tem DDD, então sei que não é uma das minhas colegas de apartamento.

— Alô? — Atendo e continuo vendo mais fotos de decoração.

— Alô, é a senhora Ana Luísa Genovez? — pergunta uma voz feminina do outro lado da linha.

Só o que me falta é atendente de telemarketing me ligar no fim de um sábado de Carnaval.

— Sim, sou eu mesma — respondo sem paciência.

— Estou ligando porque esse é um dos números salvos como contato de emergência no cadastro da senhora Martha Soares Genovez. Tentei contato com outras duas pessoas, mas nenhuma atendeu a ligação.

Que tipo de atendente teria o cadastro da minha mãe e me ligaria? Os outros dois deveriam ser meu irmão e meu pai. É claro que eu ficaria por última na lista de prioridade. Mas espera aí... ela disse contato de *emergência*?

— Como assim, emergência? — pergunto. — Aconteceu alguma coisa?

— A senhora Martha sofreu um acidente na BR-101, recebeu atendimento e agora está internada na Unidade de Tratamento Intensivo para observação.

Como essa mulher consegue falar tão calmamente que minha mãe sofreu um acidente? Que coisa mais insensível! Pego minha carteira e aviso à moça que estou correndo para o hospital. Estou tão nervosa que levo alguns minutos tentando encontrar o telefone do táxi. É nessas horas que me arrependo de não ter tirado a carteira de motorista. E essa maldita cidade não tem nenhum serviço de transporte por aplicativo! Por sorte, a companhia localiza um taxista na minha vizinhança que chegará logo.

Olho para o céu — em degradê por causa do pôr do sol — e peço para não receber más notícias. Por favor, que ela esteja bem. Que seja só um susto. Não posso perder a pessoa mais importante da minha vida agora.

Chega de perdas por hoje.

Odeio hospitais. Odeio as expressões de angústia que vejo nos rostos da sala de espera. A tristeza de quem sai amparado por um familiar porque a pessoa que amava não resistiu. O nervosismo de quem chega para ter notícias de alguém que acabou de ser hospitalizado. Só de colocar o pé naquele ambiente o meu estômago se revira. De uma forma irônica, ter alguém para procurar por notícias é melhor do que reparar em todo mundo que está na mesma situação que eu.

— Por favor, me ligaram do hospital — digo ofegante para uma senhora da recepção. — Minha mãe sofreu um acidente.

— Qual o nome da sua mãe? — pergunta ela com um tom de voz gentil. Deve ser especialista em lidar com pessoas angustiadas.

— Martha Soares Genovez. Disseram que ela está na UTI.

O desespero finalmente me atinge e as lágrimas começam a embaçar minha visão. Não consigo mais enxergar os detalhes do rosto da senhora. Ela assente com cuidado e digita o nome da minha mãe no computador. Lê com atenção o que é mostrado na tela e depois se levanta, me oferecendo uma folha e uma caneta.

— Vou precisar que você preencha esse cadastro e assine embaixo — diz sem alterar a voz. — Sua mãe realmente está em observação na UTI, mas como já passou o horário de visitas, infelizmente não vou poder deixá-la entrar.

— Como é?

Ela só pode estar de brincadeira.

A senhora franze os lábios e respira fundo. Deve passar por isso todos os dias.

— O horário de visitas encerrou faz uma hora — explica, paciente. — O próximo horário é apenas às sete horas de amanhã. O ideal é que a senhora espere por aqui, para ter notícias do médico. Mas como o estado da sua mãe é estável, se preferir ir pra casa, podemos mantê-la informada caso ela vá para um quarto.

É claro que não vou abandonar a minha mãe. Bufo para aquela situação, mas a senhora não tem culpa. Pego a prancheta com a papelada do hospital e a caneta, e me sento em uma das poucas cadeiras vagas. Ainda não consigo ler o que está escrito no papel, então fecho os olhos e seguro a caneta com tanta força que tenho certeza que posso quebrá-la a qualquer momento.

Eu me sinto tão inútil. Não faço ideia do que preciso fazer em seguida além de esperar e preencher esse formulário. Não devo fazer isso sozinha!

Preciso avisar alguém.

Ligo para meu irmão, mas vai direto para a caixa postal. Tento ligar para o meu pai, mas o telefone está desligado. *Que ótimo*. Talvez seja melhor mandar uma mensagem de áudio para o André, ele vai escutar assim que estiver disponível.

— André. — Faço um grande esforço para não chorar. — A mãe sofreu um acidente. Me ligaram do hospital e eu vim pra cá. — Minha voz fica embargada e não consigo disfarçar. — Ela tá na UTI. E eu tô sozinha aqui, não tenho ideia do que fazer. — As lágrimas caem e começo a soluçar. — Só... vem pra cá, tá bom? Não vou conseguir lidar com isso sozinha.

Espero que o arquivo seja enviado, mas o aplicativo não confirma o recebimento. Me sinto desamparada.

Não tenho como saber qual o estado da minha mãe, estou sozinha aqui e simplesmente não sei o que fazer. Preferia trocar de lugar com a minha mãe. Não vou suportar se algo acontecer com ela.

Já é madrugada e nem sinal do meu irmão ou do meu pai. Tentei ligar mais algumas vezes durante as últimas horas e não tive sucesso. Já devo estar no terceiro copo de café, que peguei na lanchonete do hospital. Até agora a única pessoa que apareceu foi um residente que me garantiu que minha mãe está estável, mas apenas o médico-cirurgião poderia dar mais detalhes pela manhã.

Nesse meio-tempo, acabei fazendo a besteira de enviar mensagens para Murilo. Em um momento de desespero, pareceu ser a única pessoa que eu gostaria de avisar sobre o que aconteceu. Ele ainda não leu, é claro. Mas se eu tivesse como cancelar o envio, com certeza o faria.

Ele não deve mais fazer parte da minha vida.

PEGUEI no sono em algum momento, mas acordo assim que bato com a cabeça na parede. Confiro o celular para saber se tive resposta de alguém e há uma mensagem de André.

> **André Luiz**
> Estou indo. Devo chegar em uma hora e meia.
> 05:32

Se ele está preocupado, não deixou transparecer. A mensagem foi enviada há 30 minutos. Mais uma hora sozinha. Olho para a atendente, mas ela encontra o meu olhar e faz um sinal negativo. Nada de novo.

Resolvo passar o tempo vendo as redes sociais. Só encontro postagens felizes do Carnaval. Vídeos de pessoas dançando e bebendo. É estranho estar do lado completamente oposto dessa alegria. O que teria acontecido se eu não tivesse voltado para Tubarão? Será que minha mãe ficaria sozinha por muito tempo? Para quem mais ligariam depois de mim?

Eu não faço ideia de onde meu pai está. Nada me vem à mente como desculpa para uma noite fora de casa em pleno Carnaval. Será que está com aquela mulher? Aquela da ligação na noite do jantar? Aposto que sim.

Como se já não bastasse a angústia por não ter notícias atualizadas da minha mãe, acabo dando de cara com vídeos de Murilo na linha do tempo. Fico incerta sobre assistir ou não, mas a curiosidade fala mais alto.

No primeiro, reconheço a Ponte de Laguna — ele deveria estar a caminho da Praia do Rosa, pois foi gravado ainda durante o dia. Provavelmente logo depois que me deixou em casa.

O próximo é uma foto com um amigo. Acredito que seja o tal Léo que foi até a casa dele na noite anterior. Ambos estão sem camisa e com uma lata de cerveja na mão.

O vídeo seguinte é durante a noite. Está tão escuro que não consigo distinguir ninguém em especial. Apenas uma multidão dançando ao som de um funk tocando em uma caminhonete com caixas de som na carroceria.

As próximas imagens são como um soco no meu estômago. Em uma ele está abraçado com uma menina, junto com o mesmo amigo da foto anterior. A garota está agarrada na cintura dele e Murilo parece bêbado. A segunda é pior. Ele está beijando a garota na boca. Só que a foto não foi tirada por ele. É mais distante e ele estava bastante ocupado agarrando a bunda dela para tirar uma foto.

Uma bola se forma em minha garganta e tenho dificuldade para respirar. Não sei por que ainda me surpreendo. Deveria estar preparada. É o Murilo, afinal. Nada de novo sob o sol.

Em um impulso acabo enviando uma mensagem direta para ele.

 Analu Não foi tão difícil seguir em frente, né?

Logo me arrependo de ter feito isso, mas mensagem enviada é como aquele ditado chinês com flechas e palavras — não pode ser interceptada.

Verifico as mensagens que enviei mais cedo, mas não foram lidas, é claro. Ele provavelmente só veria bem mais tarde. Se é que se preocuparia em ler. Talvez apenas me ignore a partir de agora. Provavelmente seria a melhor coisa que poderia acontecer devido às circunstâncias. Se ele não fizesse, eu faria.

Como prometido, meu irmão chega uma hora depois. Bem no horário de visitas. Não temos permissão para entrar na sala de UTI, mas conseguimos ver nossa mãe pelo vidro. Ela está respirando com ajuda de aparelhos e o quadro ainda é estável, sob observação.

Segundo o médico, ela não está internada por causa do acidente. Ele causou apenas ferimentos leves. Na verdade, o motivo foi um derrame que teve enquanto dirigia. O lado direito do corpo está completamente paralisado e precisam monitorá-la para saber de possíveis sequelas.

— Ela não corre risco de morte — explica o médico. Ele é um homem com idade para ser nosso pai e explica tudo com uma voz muito calma, apesar de objetivo. — Mesmo assim, é possível que as sequelas sejam bastante graves. Porém, não posso afirmar nada antes que tenhamos respostas mais esclarecedoras.

André e eu soltamos um suspiro de alívio quando recebemos a notícia que ela não iria morrer. Seu quadro é grave, mas não o pior. Agora precisamos aguardar para saber o que poderá ser feito.

Volto a me sentar em uma cadeira da sala de espera assim que o médico vai embora. Escolho a do canto, que antes estava ocupada. Ela fica de lado para a parede, então consigo me encostar e descansar um pouco. André senta ao meu lado e apoia a cabeça nas mãos. Só agora paro para pensar no desespero que deve ter sentido enquanto dirigia. No perigo de fazer alguma besteira no trânsito e sofrer um acidente também. Agradeço silenciosamente por nada ter acontecido a ele.

— Você conseguiu falar com o pai? — pergunta, sem me olhar, ainda está com a cabeça entre as mãos, olhando para o chão.

— Não... — respondo e limpo a garganta. — Telefone desligado.

André assente, mas mesmo assim pega o telefone no bolso e digita o número do celular dele. É claro que não confia em mim. Certamente deve ter pensado que preferi não avisá-lo. Ele espera alguns segundos com o celular no ouvido, mas então retira e cancela a ligação. Deve ter ouvido o mesmo que eu.

Meu irmão suspira e se recosta na cadeira, estendendo as pernas. Como é alto, ocupa grande parte da passagem. Mas não há muitas pessoas na sala de espera neste momento. A maioria deve estar em horário de visita, e, diferentemente de nós, eles puderam entrar.

— O que será que aconteceu?

— Você ouviu o médico — respondo e paro para bocejar. — O derrame deve ter sido causado por estresse, todos os outros agravantes não fazem parte do perfil da nossa mãe. Ela sempre se cuidou muito bem.

André fica pensativo. Se ainda o conheço, não vai sossegar enquanto não souber de todos os detalhes — enquanto não encontrar a razão. Eu tenho minhas suspeitas, mas escolho ficar de boca fechada. Não é hora nem lugar para voltarmos a essa conversa.

— Acho que vou buscar um café lá fora, na cafeteria — digo e começo a esticar meus braços para tentar despertar os músculos adormecidos. — Você quer?

— Sim, por favor — responde e deixa escapar um sorriso agradecido.

Ele está um trapo e não devo estar muito melhor. Nem ao menos troquei de roupa antes de vir correndo para o hospital, portanto ainda visto um short rasgado e a camiseta de pijama. Ainda bem que não é de bichinhos, consigo disfarçar como se fosse uma roupa normal. Além disso, a cafeteria é como se fosse minha segunda casa. Lia não se importaria de me ver vestida daquele jeito. Agradeço por estar a uma esquina de distância do hospital. Quando atravesso a rua, Lia ainda está reorganizando as cadeiras em volta das mesas. Ela deve ter acabado de abrir e fui a primeira pessoa a aparecer. Ela se surpreende ao me ver por ali, provavelmente se perguntando o que estou fazendo em Tubarão e não em São Paulo, ou qualquer outro lugar curtindo o Carnaval.

— Já posso pedir?

Não sei se ela assente porque realmente já está pronta para fazer o café ou simplesmente por pena. Me falta coragem para olhar meu reflexo em um dos espelhos da parede dos fundos da cafeteria.

— Chocolate quente? — pergunta, se posicionando atrás do balcão.

— Não — respondo, e ela ergue uma das sobrancelhas, surpresa. — O café mais forte que você tiver. Dois, na verdade — me corrijo. — Pra viagem.

Quando volto com um café em cada mão, André desliga o celular. Ofereço um dos copos para ele, que me lança um olhar agradecido.

— Consegui falar com a assistente dele — informa depois de bebericar com cuidado o café quente. — Ele está em uma viagem de negócios e ela me garantiu que tentará avisá-lo o mais rápido possível.

Viagem de negócios? Ou André é muito ingênuo ou está ajudando a esconder a verdade.

— Em um domingo de Carnaval? — rebato.

Meu irmão me olha impaciente, quase implorando para que eu não comece com a briga de sempre. Mas é impossível que ele realmente acredite nessa desculpa esfarrapada.

— Você não sente culpa?

Minha pergunta é como uma faca em seu coração.

— Culpa?

Confirmo com a cabeça e passo os dedos pela borda do copo.

— Tenho certeza que o estresse da nossa mãe é causado por todo mal que ela tem que suportar dele todos os dias. — Olho para André e ele me encara com a incredulidade estampada em seu rosto. — E você colabora. Provavelmente vai fazer a mesma coisa quando tiver uma esposa. Já fez isso uma vez, né?

Juro que tentei evitar. Mas a noite em claro, o medo de perder a minha mãe e a angústia de ficar sozinha me dão coragem para confrontá-lo de vez. Me dói ver meu irmão se transformar em alguém desprezível, talvez eu pudesse fazer alguma coisa antes de ser definitivo.

— Você vai colocar a culpa em mim? Talvez devesse olhar para o próprio umbigo. É você a filha que ela passa a mão na cabeça, mesmo depois de fazer uma burrada. É você que fica bancando a rebelde sem causa e se dizendo autossuficiente, mas que não sai da barra da saia. Vire o espelho pra você, Ana Luísa. Vai se dar conta que, felizmente, o mundo não gira ao seu redor. E talvez acorde pra vida antes de levar um tombo maior ainda.

André se levanta, joga o copo de café na lata de lixo com um estrondo, e vai em direção à saída. Não vou atrás. Estou chocada demais com tudo que acabei de ouvir. Sei que fui dura ao envolvê-lo na culpa do derrame. Mas ele foi ainda mais cruel. O que me machuca é perceber que talvez tenha razão.

O médico ainda prefere deixar minha mãe na UTI e diz que só terá mais notícias no final do dia. Então resolvo ir para casa descansar e, quem sabe, preparar uma bolsa com coisas que minha mãe possa precisar.

Desde que saiu em um rompante do hospital, André Luís não voltou mais e também não o encontro quando chego em casa perto do meio-dia. Estou morrendo de fome, mas não tenho forças para comer, só consigo pensar em um banho e em dormir por algumas horas. Preciso voltar antes das seis da tarde para o hospital, pois será a única oportunidade de vê-la ainda hoje. Caso perca esse horário, só poderei vê-la na manhã do dia seguinte.

Antes do banho, lembro que não avisei meus amigos dos últimos acontecimentos. Mordo os lábios ao ponderar se devo preocupá-los ou se deixo aproveitarem o restante do Carnaval. Decido que é melhor mandar a mensagem, pois achariam muito pior se não o fizesse.

Prefiro só mandar uma mensagem no grupo que compartilho com Gisele e Yuri. Escrevo um resumo, porque provavelmente ficaria com a voz embargada se começasse a falar os detalhes do acidente. Eles provavelmente só lerão no meio da tarde, o que me dá algumas horas de sono antes da avalanche de perguntas.

Tomo um banho longo, me sentindo bem melhor depois. Até considero preparar alguma coisa para comer antes de cair na cama. É por isso que desço as escadas, mas paro quando percebo que o carro do meu pai está estacionado lá fora. Não o vejo no andar de baixo. Deve ter subido sem que eu o visse ou se trancado no escritório. Será que a assistente avisou da minha mãe? Talvez ele finalmente tivesse dito a verdade sobre a viagem de negócios, afinal.

O fato de o carro dele continuar ligado me chama a atenção. O barulho do motor é baixinho — bem diferente do ronco ensurdecedor da Kombi de Gisele, é claro —, mas ainda assim consigo escutar. Vou até uma das janelas para me certificar. De fato, é o carro de meu pai. Mas tem algo errado. A mulher sentada do banco do carona não é a minha mãe.

18

NÃO consigo acreditar que ele teve a ousadia de fazer isso enquanto minha mãe está em uma cama da UTI! Ele havia ultrapassado todos os limites da decência e moralidade. Dou alguns passos para me distanciar da janela e bato com as costas em um dos aparadores da sala.

Não pode ser verdade. Ele se tornou um monstro ainda pior do que eu imaginava.

Escuto um barulho vindo do escritório, mas não consigo me mover. Meu pai abre as portas sorrindo, mas assim que me vê o sorriso é substituído pelo choque. Reconheço essa expressão. Foi a mesma que encarei há três anos. Está tudo igual, com exceção de algumas rugas e uns fios brancos a mais em sua fisionomia quase impecável. Segundo ele, são seu charme.

Olho com nojo para o mesmo homem que amei por tantos anos e achei que era meu herói. Só consigo enxergar a sujeira da traição entranhada na sua pele. Em todos os poros e em cada fio de cabelo. Duvido que ele vá se arrepender. Pode até dizer que nunca mais vai acontecer, que é um erro, ou que está apenas dando uma carona para a mulher. Mas nós dois sabemos a verdade. Mesmo que tente, mais uma vez, escondê-la com suas mentiras.

— Ana Luísa... — diz ele com cuidado, dando alguns passos para se aproximar.

Eu começo a rir. Não consigo segurar. Chega a ser cômico todo o teatro que vai encenar mais uma vez.

— É essa a viagem de negócios que está fazendo? — pergunto e faço um gesto em direção ao carro. A mulher sentada no banco de carona não deve fazer a mínima ideia do que está acontecendo. No máximo, deve estar se perguntando por que meu pai está demorando tanto. — Com certeza é muito mais importante do que a sua esposa que está no hospital e quase morreu.

Ele engole em seco e me olha com culpa.

Será que reconhece o que fez? Será que dessa vez vai entender que acabou de fazer uma escolha horrível? Que mais uma vez trocou sua família por uma aventura?

— Eu tenho nojo de você — murmuro. — Tenho nojo por você fazer de tudo para destruir essa família e minha mãe se esforçar tanto para catar e colar cada pedacinho. O problema é que mesmo quando é muito bem colado, fica a cicatriz. A rachadura sempre vai ficar visível. E então vai voltar a se quebrar de novo, é só uma questão de tempo.

Respiro fundo e espero pelas lágrimas que não virão — quando a decepção é tão profunda, nada é impactante o bastante para fazer com que me importe.

— Sabe o que é mais engraçado? — Eu rio sem vontade. — Ela é bem capaz de perdoar. Se é que vai conseguir sair do hospital, né? Pode ir. — Incentivo, indicando o carro lá fora. — Aposto que ela já está se perguntando por que você está demorando tanto.

Então caminho em direção à escada, mas, antes de chegar ao topo, paro e olho para ele.

— Espero que pelo menos você tenha usado camisinha. O mundo não merece o risco de ganhar outro como você daqui a alguns meses — digo com hostilidade.

Não espero por resposta. Nunca tive coragem de colocar tudo para fora e fico com medo de que essa mesma coragem vá embora de uma hora para outra. É por isso que me tranco no quarto assim que consigo e me aninho na cama, encolhida.

Quando eu era pequena, pensava que poderia dormir por muito tempo e conseguir acordar em uma época melhor da vida. Fiz várias tentativas, mas nenhuma funcionou. No máximo, acordava no outro dia para o almoço e nada tinha mudado. Hoje seria um bom dia para que essa magia existisse. Gostaria de acordar quando tudo isso estivesse resolvido.

Pego no sono em algum momento e acordo quando já está tudo escuro.

Droga, o horário de visitas.

Confiro o relógio e já estou uma hora atrasada.

Que droga, que droga, que droga.

Corro até o closet da minha mãe e faço uma mala com algumas roupas e objetos que ela possa precisar caso a transfiram para o quarto individual. Respiro fundo esperando que isso já tenha acontecido. O fato de ela continuar na UTI, mesmo que estável, só me deixa mais preocupada. Será que me ligariam para avisar se ela piorasse?

Faço tudo em menos de quinze minutos. Quando desço preocupada se vou encontrar meu pai novamente, percebo que não tenho motivos. O carro já não está mais na garagem. Amaldiçoo mais uma vez o fato de eu não dirigir enquanto aguardo o táxi.

Chego ao hospital cerca de vinte minutos depois. Passo pela emergência que está um caos. É Carnaval, afinal. Escutei alguém falar que esse é um dos anos mais trágicos da BR-101. Os acidentes não param. Na mesma hora que entro, uma ambulância chega, alguns paramédicos saltando dela antes de o carro parar completamente. Viro o rosto quando abrem a porta traseira. Não tenho estômago para olhar. Baixo a cabeça e sigo em direção à outra sala de espera.

A recepcionista não é a mesma. Foi substituída por uma mulher muito mais jovem e maquiada. Quando peço notícias da minha mãe, sou avisada de que ela foi levada para um quarto individual há algumas horas e que eu poderia entrar, mesmo fora do horário de visitas. Mas apenas se o acompanhante que está com ela no momento saísse do quarto. Um de cada vez.

Minha expressão vai de alívio para preocupação em questão de segundos. Fico feliz que minha mãe está melhor a ponto de não precisar mais ficar na UTI, mas a apreensão toma conta do meu corpo quando a moça menciona outro acompanhante. Meu sangue gela ao imaginar que seja meu pai. Que ele teria coragem de chegar perto dela depois do que fez.

— André Luís Genovez — a moça lê o nome no sistema e minha respiração volta ao normal. Não é meu pai, afinal. Meu irmão havia voltado e agora fazia companhia para minha mãe. Só consigo sentir gratidão por ele ter feito isso enquanto eu não estava aqui. — Posso pedir para uma das enfermeiras avisá--lo que está aqui — sugere, me estendendo um crachá de acompanhante.

Balanço a cabeça afirmativamente e pego o crachá, grata pela solução encontrada. Eu preciso ver a minha mãe o quanto antes. Não aguento mais a agonia.

Ao me virar em direção às cadeiras da sala de espera, um rapaz me observa preocupado. Manchas roxas formam bolsas embaixo dos seus olhos e o cabelo ainda está úmido, como se tivesse acabado de sair do banho. Tenho certeza de que, se eu respirar fundo, posso distinguir o cheiro do seu xampu. Conheço esse rapaz. Murilo.

Fico paralisada, estou exausta demais para planejar qual deve ser meu próximo passo com ele. Tenho certeza que sua aparência cansada é por causa da noite divertida que passou à base de bebidas e com a garota das fotos e vídeos. Não me abalo com a expressão de preocupação. Já vi isso antes, e sei exatamente onde vai dar.

— Analu... — murmura com doçura ao se levantar da cadeira. Mas antes que ele possa continuar, André surge ao meu lado e Murilo se detém.

Pelo menos ele respeita alguma coisa.

— Achei que você não viria mais — comenta André. Ele não está mais bravo como mais cedo. Sua aparência não está melhor que a de Murilo, pois, além das olheiras fundas e expressão de cansado, seus olhos estão vermelhos. Suponho que chorou em algum momento.

— Acabei pegando no sono — explico e levanto a bolsa em minhas mãos. — Preparei algumas coisas pra ela.

André assente, agradecido.

— Como ela está? — pergunto com medo da resposta.

Ele dá de ombros e cruza os braços.

— Ainda não acordou, mas pelo menos não está mais naquele lugar.

— Deixa que eu passo a noite aqui — digo. — Você precisa comer e dormir um pouco.

Meu irmão não resiste, reconhece que está cansado demais para continuar fazendo companhia.

— Obrigado — diz e sorri sem emoção. — Soube alguma coisa do pai?

Sou pega de surpresa pela pergunta e demoro decidindo o que dizer. Não acho que jogar em suas costas o que vi mais cedo seja a resposta adequada, então apenas nego com a cabeça.

— Vou tentar falar com ele mais uma vez — declara.

Desvio o olhar para Murilo. Ele tinha voltado a se sentar, dando espaço para a minha conversa com meu irmão.

— Acho que vou entrar então — aviso para André. — Ela pode acordar a qualquer momento.

André massageia a nuca e balança a cabeça.

— Me liga se acontecer alguma coisa — pede.

— Não se preocupe.

Então ele me abraça como antigamente. O movimento me pega desprevenida e levo um tempo para conseguir corresponder. Sinto meu irmão soluçar baixinho e mordo o lábio para conter a minha própria tristeza. Alguns segundos depois, ele se afasta, beija a minha bochecha e vai embora.

Observo enquanto passa pela mesma porta de emergência pela qual entrei e então desaparece em uma curva à esquerda. De alguma forma, gostaria de evitar que ele sofra, mas é algo sobre o qual não tenho controle.

Olho para Murilo de relance e ele ainda está sentado na cadeira, provavelmente aguardando a melhor hora de voltar a falar comigo. Não faço questão de providenciar esse momento. Viro o corpo e avanço para a área restrita a acompanhantes, mostro meu crachá para o segurança e caminho em direção ao elevador e, enquanto aguardo, consigo ver Murilo me observar, em pé. Ele deve ter tentado me alcançar, mas não pôde passar da sala de espera. Massageia a nuca e depois deixa o braço cair ao seu lado, sem saber o que fazer. Ele balbucia meu nome, mas ignoro — entro no elevador e não olho para trás.

— *Você tá bem?* — *Gisele me perguntou assim que entramos na festa de volta às aulas da Karina, nossa colega de turma.*

— *Eu? Estou ótima!* — *disse mais rápido do que deveria.*

— *Você sabe que ele vai estar na festa, né?* — *perguntou ela com cuidado. Ainda estávamos na frente do portão da casa e eu começava a ficar nervosa e impaciente com a demora. Queria enfrentar tudo isso logo.*

Dei de ombros, tentado parecer desinteressada. Como se ele não me afetasse mais. Como se o que tinha acontecido há três semanas não causasse mais nada em mim. Eu não deveria mais em importar.

— *É claro que eu sei. Mas foda-se ele* — *respondi, ríspida.* — *Tá tudo bem, Gisele* — *repeti e a encarei, séria.* — *Não vamos mais falar sobre isso.*

Minha amiga assentiu e nós entramos pelo portão que já estava aberto. A música não estava muito alta e as pessoas estavam espalhadas pela área externa da casa. Algumas eu reconhecia porque eram meus colegas de classe, que estavam sentados em cadeiras ao redor de duas mesas, outras pessoas do terceiro ano jogavam sinuca com o irmão de Karina, e outras conversavam em volta da piscina.

Murilo não estava ali, então me dei conta que poderia respirar aliviada. Por pouco tempo. Ele chegaria a qualquer momento. Não ia perder essa festa.

— Ele já chegou — disse Yuri, se aproximando de nós duas assim que nos aproximamos. — Sem ninguém.

Qual o problema das pessoas? Por que precisavam me lembrar disso o tempo todo?

Gisele falou alguma coisa para Yuri, repreendendo-o por voltar a tocar no assunto, mas não consegui ouvir muito mais da discussão dos dois. Porque, naquele mesmo instante, eu vi Murilo sair pela porta dos fundos da casa da Karina. Meu coração deu um salto e afundou no peito. A dor foi tão forte que eu quase saí correndo. Era difícil demais olhar para ele depois de tudo que havia acontecido. Consegui passar a primeira semana de aula ilesa, mas agora ele estava ali na minha frente. Perto demais. Lindo demais. Babaca demais.

Gisele e Yuri notaram a presença dele, porque pararam de falar ao mesmo tempo.

— Analu... — ouvi Gisele chamar, mas eu estava ocupada o encarando. Pensando em tudo que eu poderia ter evitado. Pensando em tudo que, bem lá no fundo, eu ainda tinha esperanças de ser apenas um engano.

Logo em seguida, Murilo percebeu que alguém o observava. Sua expressão mudou assim que me reconheceu. De uma alegria despreocupada seu rosto ganhou um ar de... pura irritação? Ele me encarou, sério. Com os maxilares rígidos. Eu deveria estar olhando dessa forma para ele. Eu estava?

Nossa troca de olhares foi interrompida por alguma coisa em seu celular. Ele retirou o aparelho do bolso e observou alguma coisa na tela. Então me olhou pela última vez, deu meia-volta e saiu em direção à entrada da casa.

— Isso foi bem estranho — comentou Yuri e eu finalmente saí do transe. Gisele deu uma cotovelada nele, mas eu apenas balancei a cabeça.

— Passou — disse, me virando para os meus amigos. Dando as costas para onde Murilo tinha estado segundos antes.

Gisele assentiu, mas desviou o olhar para algo atrás de mim. Yuri fez o mesmo. O que eram essas expressões? Raiva? Pena? Quando me virei, o último lugar que eu gostaria de estar era aqui. Tudo estava acontecendo de novo bem na minha frente.

Ele estava de mãos dadas com uma garota baixinha de cabelos pretos e cacheados, que iam até a cintura. Ela tinha uma expressão orgulhosa e feliz, enquanto *ele parecia levemente incomodado. Quando percebeu que eu observava toda a cena, puxou a garota para mais perto e me devolveu um olhar desafiador. Não consegui revidar. Desviei o olhar para os meus amigos, um pouco atônita. Era como se eu não fosse capaz de sentir mais nada. Estava esperando a ficha cair.*

— Quer ir embora? — perguntou Gisele, preocupada.

Olhei para Murilo, confusa. Isso estava realmente acontecendo de novo?

— Eu não vou mudar minha vida por causa dele — respondi. — São as pessoas que gosto que estão aqui. Eu não tenho por que mudar meus planos.

Gisele e Yuri se entreolharam, em dúvida.

— Tá tudo bem — garanti, e dei uma última olhada para trás.

Ele havia se soltado da garota e agora estava com as mãos dentro dos bolsos, enquanto ela parecia deslocada. A garota não conhecia ninguém ali além dos amigos de Murilo. Ela não era do colégio. Eu não sabia como eles tinha se conhecido. Porém, sinceramente, não gostaria de estar no lugar dela nesse momento.

Respirei fundo e olhei para os meus amigos.

— Vocês estão aqui. Isso que importa.

Se não fosse pelos fios dos aparelhos grudados em seu corpo, eu poderia dizer que minha mãe está apenas dormindo. Ela parece descansar tranquila sobre a cama no meio do quarto pequeno. Apesar de ser bem arejado, me sinto sufocada, enclausurada pelas paredes daquele lugar carregado de tristeza. Nunca gostei de hospitais e a partir de agora posso dizer que os detesto.

Do outro lado do quarto, vejo uma poltrona com aparência desconfortável. Eu a arrasto com dificuldade até mais perto da cama e então me sento de frente para minha mãe. Acaricio seu rosto com cuidado, pois parece que posso machucá-la com o mais simples dos movimentos.

Os ferimentos causados pelo acidente são leves, como havia garantido o médico. Vejo um curativo na testa e outro em uma das mãos. Porém, parece haver algo errado com o lado direito do seu rosto. Como se estivesse levemente mais baixo que o outro. O médico avisara do derrame, mas até agora eu não havia visto o impacto em sua aparência.

O destino havia lhe roubado o que mais prezava — a beleza perfeita. Não dá para saber o que mais pode ter causado enquanto ela não acorda, mas, certamente, minha mãe não ficará nem um pouco feliz com as primeiras evidências.

Sou surpreendida pela entrada de uma enfermeira e ela sorri gentilmente ao ver minha expressão de susto.

— Não se preocupe. É apenas rotina. Preciso checar se está tudo bem.

Eu assinto e ela faz seu trabalho. Verifica algumas coisas no aparelho ao lado da cama, a mangueira que está ligada às veias da minha mãe e por último seus curativos.

— O sedativo ainda está fazendo efeito e ela não deve acordar por mais algumas horas — me tranquiliza.

Sinceramente eu nem havia parado para pensar nisso.

— Está tudo bem com ela? — pergunto.

Ela diz que sim e dá um sorriso gentil.

— Tudo conforme o esperado, mas só saberemos mais quando ela acordar.

Volto o olhar para minha mãe. Eu só espero que ela não esteja sofrendo.

— Volto daqui a algumas horas para fazer mais uma checagem — avisa a enfermeira, mas a ignoro, não prestando muita atenção no que diz antes de sair pela porta.

Repouso a mão direita da minha mãe entre as minhas e dou um leve aperto.

— Estou aqui, mãe — sussurro. — Não vou te deixar.

Observo a sua mão entre as minhas e me pergunto se ela consegue sentir o meu toque ou se o derrame atingiu seus membros também. E então é a primeira vez que choro com vontade, como se todo o peso de tudo que aconteceu nas últimas horas me atingisse de uma vez. É muito mais do que eu consigo suportar.

Passo as próximas horas debruçada sobre a cama segurando sua mão direita e não vejo quando a enfermeira chega mais uma vez para a checagem nem quando minha mãe acorda, mas não consegue falar.

Ela toca de leve minha cabeça com a mão esquerda — a que não está paralisada pelo derrame. Os fios não permitem que se movimente muito, é uma sorte quando sinto um movimento nos meus cabelos e levanto a cabeça para ver o que é.

Minha mãe parece apavorada. Seus olhos estão arregalados e ela tenta falar, mas por causa da paralisia não entendo muito bem.

— Calma, mãe. Eu estou aqui — tento acalmá-la.

— Você precisa respirar fundo e ir aos poucos. Vou responder tudo que você quer saber, mas preciso que se acalme.

Aos poucos, seu olhar vidrado se suaviza e ela fica em silêncio, esperando que eu explique o que está acontecendo.

— Você sofreu um acidente — digo. — Se lembra disso?

Seu olhar fica perdido, como se ela tentasse se esforçar para lembrar. Balança a cabeça em negativa. Mordo os lábios, preocupada. Vai ser mais difícil do que eu esperava.

Levo um tempo explicando parte do que os médicos me disseram, tomando cuidado para não alarmá-la e correr o risco de piorar a situação. Quando termino, ela respira fundo e fecha os olhos. Se não fossem pelas lágrimas que caem silenciosamente pela lateral dos seus olhos, eu pensaria que ela havia voltado a dormir.

— Vai dar tudo certo, mãe — consolo e aperto as suas mãos. Mesmo que uma delas não esteja recebendo estímulos, na minha cabeça ela merece a mesma atenção. — Você vai melhorar e voltaremos a ser uma família... feliz.

Ela não capta o meu sarcasmo involuntário, pois um sorriso tímido surge em seus lábios e abre os olhos para me observar.

— Você precisa de alguma coisa? — pergunto e olho atentamente para o seu rosto. Para qualquer sinal que possa me dar.

Ela balança a cabeça com dificuldade para um lado e para o outro. Não há nada que eu possa fazer neste momento por ela.

19

NÃO esperava que Murilo aguardaria por mim na sala de espera durante toda a noite que passei com a minha mãe. Fico em dúvida se ele voltou agora de manhã ou realmente ficou esperando aqui. Observo enquanto ele cochila sentado com os braços cruzados e a cabeça repousando na parede.

— Ele me pediu para dizer para você acordá-lo e por favor não ir embora antes de falar com ele — diz a moça da recepção apontando para Murilo. — Ele estava arrasado e não saiu daqui em momento algum.

Hesito. Devo acordá-lo e ouvir seja lá o que ele tem para me dizer? Ou devo agir como se ele não existisse, da maneira que deveria ter feito semanas atrás?

Ouço a sirene de mais uma ambulância chegando ao hospital. Seria mais uma vítima de algum acidente por causa do Carnaval? O barulho desperta Murilo e me poupa de tomar uma decisão. Ele acorda de súbito e bate a cabeça na parede. Seu olhar encontra o meu enquanto massageia a parte atingida, e se enche de esperança.

Tento lutar contra a vontade de sair correndo quando ele se levanta e caminha até onde estou. É melhor acabar com isso de uma vez ou ele não vai me deixar em paz.

— Analu... — Ele tenta me abraçar, mas dou um passo para trás fugindo. Consigo notar uma sombra de dor em seu rosto, mas ela logo passa.

— O que foi? — pergunto, de braços cruzados, para que Murilo não veja que estou tremendo.

— Eu só... — Ele esfrega os olhos. — Nós podemos conversar?

— Estou conversando agora.

Seus ombros desabam.

— Em outro lugar — explica e me olha suplicante. — Por favor.

Tento manter uma expressão fria e determinada. Forte o bastante para não transparecer qualquer sinal de fragilidade. Não posso deixar Murilo manipular meus sentimentos mais uma vez.

— Eu estava indo tomar café do outro lado da rua — digo com firmeza.

— Ótimo. Um pouco de cafeína vai me fazer bem.

Balanço a cabeça e sigo em direção à saída. Não olho para trás para ter certeza de que ele está me acompanhando. Consigo sentir sua presença mesmo de costas.

Um arrepio passa por mim assim que me sento no mesmo lugar de sempre na cafeteria. O dia amanheceu nublado e não me lembrei de trazer um casaco. Aposto que Yuri está decepcionadíssimo por mais um dia de verão desperdiçado.

Mais uma vez ignoro a tradição do chocolate quente. Parece errado fazer este pedido quando não estou na companhia dos meus amigos.

— Café preto bem quente — digo para Lia quando ela pergunta o que vou querer.

Ela anota e se vira para Murilo. Sua aparência está ainda pior do que a de ontem à noite. Além das bolsas roxas, quase pretas, embaixo dos olhos, agora suas bochechas parecem mais fundas. A boca está ressecada, e o cabelo, uma bagunça.

— Para mim também, por favor — diz e apoia a cabeça nas mãos. É evidente o seu cansaço e esgotamento; eu não estou muito melhor.

Permaneço em silêncio o tempo todo, esperando o que ele tanto precisa me dizer. Somos só nós dois na cafeteria. Mais uma vez, cheguei cedo o suficiente para fazer o primeiro pedido do dia.

Murilo limpa a garganta e olha para mim.

— Primeiro, quero dizer que sinto muito pela sua mãe. Espero que ela se recupere logo.

Minha única reação é piscar e continuar aguardando. Ele engole em seco uma, duas, três vezes antes de voltar a falar.

— E segundo... — Murilo fecha os olhos, pausa, e então volta abri-los lentamente. — Quero pedir desculpas.

Eu me aproximo para analisá-lo de perto — ele só poderia estar brincando.

— Sério mesmo? — Não consigo evitar um riso de escárnio e volto a me encostar na cadeira. — Troca o disco, Murilo. Essa não cola mais.

Seu maxilar se contrai e ele fica decepcionado.

— Eu não deveria ter te deixado daquela forma em casa nem feito tudo que fiz no mesmo dia — desabafa enquanto encara a mesa. — Mas também achei que fosse isso que você queria. Me manter longe.

— Era exatamente o que eu queria — rebato. — Só não esperava que fosse seguir tão prontamente. Parabéns.

Ele é inacreditável.

— Por que eu nunca consigo fazer as coisas certas? — pergunta ele mais para si mesmo do que para mim.

— Porque você é um babaca.

Ele fecha os olhos e balança a cabeça, aceitando o xingamento.

Lia nos interrompe, colocando uma xícara com café fumegante na frente de cada um. Eu agradeço e levo o café para perto do rosto. Sei que está quente demais para beber, e gosto da sensação do vapor na pele. Respiro fundo sentindo o cheiro reconfortante do café e, em seguida, repouso a xícara na mesa novamente. Meu humor já melhorou cinquenta por cento só com esse gesto.

Enquanto isso Murilo encara o líquido preto como se de lá pudesse sair alguma solução para seu conflito interior.

— Eu não entendo o que você quer — murmura.

— Quero exatamente o que te disse no sábado. Nós dois longe um do outro.

— Mas... — começa, mas faz uma pausa e massageia as têmporas. — Eu tinha esperanças que ficássemos juntos. Que, de alguma forma, tivesse uma solução. Nós poderíamos encontrar uma.

Ele pega minhas mãos, mas puxo rapidamente e o gesto resulta em uma careta de dor.

— Parece que eu nunca consigo fazer nada certo. Que vivo as expectativas de todo mundo, mas sempre arrumo uma forma de decepcionar. Quando penso que estou no caminho certo, percebo que entendi tudo errado — declara e me olha com intensidade. — Se você falar que quer ficar comigo, faço de tudo para que isso funcione. Você só precisa *dizer*, Analu.

Engulo em seco e, pela primeira vez, ele consegue atingir as muralhas que construí antes dessa conversa. Será mesmo que conseguiria fazer isso dar certo? Estaria tão disposto assim?

— Não — respondo sem remorso. — Eu não posso me apaixonar por você novamente. Não posso permitir.

Seus olhos se enchem de água e eu luto para que os meus não fiquem iguais.

— Você está *escolhendo* não tentar — diz com rispidez. — Deixar pra trás.

— Isso mesmo — concordo. — É o melhor para nós dois.

Ele balança a cabeça em negativa.

— Não... Você não tem o direito de escolher por mim.

— Pois então eu escolho *por mim* — digo com firmeza. — Tenho uma vida para viver. Você também.

Ele dá uma risada de deboche.

— Lá vem você com isso de novo...

— A gente nunca passou de uma história de verão, Murilo. É uma pena que eu tenha demorado pra perceber — declaro, com delicadeza.

Dizer em voz alta finalmente me faz acreditar que tudo acabou — e que isso não vai mudar.

Ele franze os lábios e se apoia na mesa.

— Você acha que pelo menos consegue me perdoar?

— Perdoar talvez, esquecer não vai rolar — respondo, sem raiva. — Mas isso não te impede de seguir em frente.

— Se você diz — ironiza.

Tenho certeza que minhas palavras são duras, mas sinceras. Não consigo ter o mesmo sangue-frio da minha mãe, não consigo baixar a cabeça por tanto tempo para algo que me faz sofrer. Não fui tão segura como imaginava, é claro. Mas pelo menos consegui colocar a cabeça no lugar novamente.

— Esse rancor ainda vai te fazer muito mal.

Ele não é a primeira pessoa que me diz isso, então dou de ombros e tomo um gole do café, que finalmente atingiu uma temperatura agradável. Pelo contrário, é o rancor que me faz mais forte.

— Isso é uma coisa com que *eu* tenho que lidar — respondo, por fim.

Murilo acha graça da minha tranquilidade e desvia o olhar para observar a rua. É segunda-feira de Carnaval e algumas pessoas precisaram deixar o feriado de lado para trabalhar. Mesmo assim, o movimento é bem menor do que uma segunda-feira comum.

— A vida de adulto não é toda essa maravilha que pintavam na minha infância — diz com o olhar perdido entre as pessoas que passam pela frente da cafeteria. — Gostaria de poder voltar no tempo.

— Eu não — admito. — De alguma forma, mesmo com tanta coisa ruim acontecendo — inclino a cabeça em direção ao hospital —, cheguei até aqui. Meio clichê eu sei.

— Você pelo menos chegou em algum lugar — diz ele, com um sorriso. — Às vezes sinto vontade de simplesmente fugir para bem longe e começar tudo de novo.

Ergo as sobrancelhas.

— Você teve essa oportunidade — lembro. — E resolveu voltar.

Murilo só parece se dar conta disso depois que falo.

— Tem razão. Me falta coragem. — Ele deixa escapar um riso. — Não tenho nada se não seguir os passos do meu pai ou o que está planejado para mim.

É aí que está a nossa grande diferença. Estou disposta a correr atrás da minha felicidade, mesmo com o risco de quebrar a cara. Ele vai optar pelo caminho mais fácil, mesmo com o risco de nunca ser feliz.

— Tenho certeza que aquilo vai acontecer — diz ele.

— O quê? — pergunto, confusa.

— Que a próxima vez que eu te ver vai ser na televisão — lembra. — E o país e o mundo reconhecendo o quanto você é incrível.

Ele sorri, sincero.

— Vou ter orgulho do que você se tornou e me arrepender todos os dias de ter te perdido.

— Nossa, finalmente! — diz Gisele ao telefone. — Teve coragem de colocar esse embuste pra fora da tua vida.

Estou sentada em um banco no lado de fora do hospital com um moletom do André sobre os ombros. Acabei de almoçar e estou aguardando ele querer fazer o mesmo. Aproveitei para ligar para Gisele e finalmente contar a verdade sobre os últimos dias até a conversa que tive com Murilo mais cedo.

— O acidente da minha mãe, mais uma traição do meu pai... — Respiro fundo. — Acho que tudo colaborou pra que eu decidisse finalmente que não quero isso pra minha vida.

— Precisou disso tudo? — pergunta com sarcasmo.

Talvez eu seja mais teimosa do que deveria, penso.

— O que importa é que acabou.

— Verdade — concorda Gisele. — E sua mãe?

Dou um suspiro longo. Não é tão fácil falar.

— Ela acordou, mas não consegue falar direito. A metade direita do corpo está toda paralisada. — Engulo em seco. — Ela vai precisar de fisioterapia quando sair do hospital, mas não tem como saber o quanto vai conseguir recuperar.

— Ah, mas que droga! — exclama. — Você precisa de ajuda?

— Não — nego rapidamente. — André e eu estamos nos virando. De certa forma isso nos uniu, não me pergunte como. O que importa é que estamos cuidando dela. Contei tudo que aconteceu no sábado de Carnaval e não sei exatamente o que ele está pensando. Ficou calado desde então.

— E o seu pai?

Fecho os olhos para controlar a raiva que me invade. É impossível. Nunca mais vou conseguir mudar o que sinto por ele.

— Está agindo como se nada tivesse acontecido. Veio fazer uma visita hoje e ela quase chorou de alegria quando o viu. Mal sabe o que ele estava fazendo no momento do acidente.

Chuto uma pedrinha e me ajeito no banco.

— Você vai contar?

— Acho que não — respondo, com amargura. — O médico avisou que devemos tomar cuidado com tudo a partir de agora. O derrame foi causado por estresse e veio com tudo enquanto ela dirigia. Ela nem consegue lembrar o que estava fazendo na rodovia, o que é bem estranho, porque ela nunca vai pra lá.

— E você vai ficar bem se não contar? — Gisele pergunta com cuidado.

Dou de ombros, mas então me lembro de que ela não tem como ver minha reação.

— Não tem mais nada que eu possa fazer — digo, derrotada. — Ela diz que é mais feliz com ele e já tinha me pedido para não voltar a esse assunto, antes mesmo do acidente.

Uma ambulância chega até a emergência. Mais uma.

— Eu tenho que aprender que não posso controlar tudo — continuo quando a sirene para. — É a vida que ela escolheu. Infelizmente relacionamento abusivo não é crime. Senão eu mesma já teria denunciado.

Gisele ri.

— E você ainda desistiu de fazer Direito, hein?

— Pois é...

André aparece na entrada do hospital à minha procura. Eu me levanto, mas faço um gesto para que ele aguarde.

— Preciso desligar. A gente se fala depois? Quero saber tudo que aconteceu durante o Carnaval! — pergunto, tentando parecer um pouco mais animada.

— Tenho tanta história pra te contar... — começa ela com um suspiro. — Mas realmente não é hora pra isso. Te amo, amiga. E tô aqui pra tudo.

— Eu sei disso. Também te amo.

E então desligo o telefone e caminho até meu irmão.

— Ela está dormindo. — Ele me atualiza. — Será que a gente pode conversar por alguns minutos?

Sem um pingo de ressentimento, ironia ou raiva na voz. É simplesmente o André, meu irmão gêmeo, na minha frente, pedindo para conversar. A sensação de ter de volta alguém que parece parte de mim é de segurança. Mesmo que não esteja realmente de volta, é evidente a nossa reaproximação nos últimos dias.

— Claro — respondo, ansiosa.

André sugere que a gente converse na lanchonete do hospital, enquanto ele come alguma coisa. Demora um tempo para ele finalmente abordar o assunto que queria.

— Eu andei pensando... — diz e limpa a garganta. — Sei lá, esses últimos dias... Acho que nunca repensei tanto as coisas. Só a possibilidade de perder a nossa mãe já fez meu mundo cair.

Ele solta a respiração devagar e seus olhos ficam marejados.

— Pensei apenas em mim nos últimos anos. Não é fácil pra mim também, sabe? Sempre na sombra do nosso pai, sempre ouvindo como vim ao mundo pra dar orgulho à família. Eu só queria ser bem-sucedido também, achava que deveria agir assim para tal. Era para isso que eu vivia todos os dias, para ser como ele.

— André me olha com intensidade. Pela primeira vez em anos, ele está se abrindo para mim e sendo sincero. — Tenho certeza que você achava que era só pela empresa ou o dinheiro. Era por isso também, é claro. Mas o motivo principal, o que me deixou focado todos esses anos, era ter o reconhecimento do pai.

Não entendo aonde ele quer chegar. Quer que eu passe a mão na cabeça e fale "pobre menino sofredor"? Ergo as sobrancelhas como um estímulo para que continue.

— Eu fechei os olhos para o que ele fazia. Coisa de homem, sabe? Pensava que se ignorasse, não precisaria contrariá-lo. Era um problema de casal, afinal. Não tinha a ver com a gente.

Errado. Tem tudo a ver com a gente. Atinge toda a nossa família.

— E você simplesmente assumiu o controle de ser totalmente contra ele. Achei que, pelo menos, alguém estava fazendo algo, então não precisaria intervir. Poderia continuar sendo o que eu sempre fui...

— Um puxa-saco — completo rapidamente.

André faz uma careta, mas não desmente.

— Só que depois do que aconteceu esse final de semana. Depois de você me contar o que viu lá em casa. Não posso acreditar que alguém pode ser tão frio e calculista assim. Dói perceber que o nosso próprio pai não nos respeita. E quando vi a nossa mãe em uma cama de hospital tão fragilizada...

Meu irmão parece desesperado, como se finalmente começasse a se dar conta de que a nossa família não é nem um pouco perfeita.

— Eu fui covarde — admite, o rosto escondido entre as mãos.

Encosto em suas mãos e as puxo para mim, revelando o rosto dele. Então espero que olhe diretamente para mim.

— Você defendendo o nosso pai o tempo todo não ajudou, é claro. Mas não é sua culpa nada do que aconteceu. A decisão é dela. Nós podemos argumentar, mas a decisão é só dela.

Ele balança a cabeça, não concorda com o que digo.

— Não. Tem que haver uma maneira.

— Não tem — declaro. — Para ela, a traição é apenas algo com que precisa lidar, que vem no pacote do senhor Luiz Otávio Genovez. Tenho certeza que aquela vez, há três anos, não foi a primeira. E claro que também não foi a última.

Ele bate no tampo da mesa e chama a atenção de todas as outras pessoas da lanchonete.

— Não vou conseguir encará-lo sem querer dar um soco na cara dele — diz, com raiva.

— Tá aí uma coisa que eu gostaria de ver — murmuro, impressionada.

Ele me olha com os dentes cerrados.

— Eu vou cuidar dela a partir de agora — anuncia. — Pode ficar tranquila enquanto estiver em São Paulo. Não vou deixar que ele a machuque. Nunca mais.

Eu gostaria de estar feliz com a declaração do meu irmão. Sua reação foi a mesma que tive quando descobri a primeira traição, mas, infelizmente, a situação não depende só de nós. Demorei três anos para descobrir. André vai descobrir também. Por enquanto, a determinação dele me deixa aliviada. Ainda não tinha parado para pensar como seria quando voltasse para São Paulo daqui a três dias.

— Que bom. — Sorrio para ele. — A mãe te adora, provavelmente vai ouvir muito mais você do que a mim.

Ele franze o cenho, mas encara o que digo como um elogio e assume uma postura determinada. O foco dele mudou. Fico feliz.

20

MINHA mãe tem alta do hospital ao meio-dia da quarta-feira de cinzas. Um dia antes da minha viagem de volta para São Paulo, que, desta vez, seria definitiva. Pensei em adiar e passar mais dias para ajudar no que fosse preciso, mas minha mãe ficou irritadíssima só de considerar a possibilidade. Ela ainda está com parte do corpo paralisada, o que inclui a perna direita. Por isso, precisará de cadeira de rodas até recuperar os movimentos dos membros com a fisioterapia. *Se* conseguir recuperar. Mas evitamos falar sobre isso. Estamos tentando manter o otimismo.

A paralisia do rosto deu leves sinais de melhora e, mesmo que fique um pouco difícil de entender de vez em quando, ela está conseguindo falar melhor do que quando acordou. Apesar disso, continua sem se lembrar do acidente e do que fazia dirigindo na rodovia.

— Eu não faço ideia, tudo naquele dia está muito nebuloso — responde, confusa, toda vez que insisto em perguntar.

Sobre o relacionamento com meu pai adúltero, nada mudou. Não temos permissão médica para tocar em assuntos que possam causar mais estresse. E sinceramente? Eu não fazia a mínima questão de conversar sobre isso. O problema é com ele. De um jeito ou de outro, é a ele que tenho que direcionar a raiva. E só posso esperar que um dia ele deixe minha mãe em paz.

Ele a visitou no hospital uma ou duas vezes, porém fez questão de acompanhá-la na volta para casa. Remorso, eu diria. Ou apenas cara de pau mesmo. Foi necessário adaptar o quarto de hóspedes do térreo para ser o quarto da minha mãe por um tempo, assim, conseguiria se movimentar pela casa com mais liberdade. Não tenho certeza se meu pai vai se juntar a ela todas as noites, mas também não procuro saber. Duas enfermeiras foram contratadas para ajudá-la nas tarefas mais básicas que não conseguiria desempenhar sozinha, como tomar banho ou se vestir.

Durante o trajeto de volta para casa, vou ao seu lado, no banco de trás, para não deixá-la se machucar. André está no banco da frente, ao lado do meu pai. O carro ficaria em silêncio do começo ao fim, se não fosse pelas tentativas da minha mãe para manter uma conversa. O grande problema é que meu pai não entende nada do que fala, e isso a deixa constrangida.

— Desculpe, não entendi — responde mais uma vez olhando pelo retrovisor para mim com a expectativa que eu traduzisse o que ela está falando. Porém me mantenho em silêncio. Ele que se esforçasse um pouco mais.

Quando chegamos em casa, minha mãe fica levemente ansiosa. Está com vergonha de que algum vizinho a veja na cadeira de rodas.

— Vamos entrar pela garagem, por favor — pede, e transmito o pedido para o meu pai. Ele assente e faz exatamente o que foi solicitado.

Saímos rapidamente e minha mãe é levada direto para o quarto. Ela precisa ficar em repouso por mais alguns dias antes de começar as sessões de fisioterapia. Assim que a acomodamos na nova cama, meu pai fica inquieto, andando de um lado para o outro no quarto que é metade do tamanho da suíte principal.

— Hum, infelizmente eu preciso ir para o escritório — informa ele, enquanto confere o relógio. Se minha mãe nota o desconforto dele com toda aquela situação, não deixa transparecer. — O Carnaval acabou e a vida tem que continuar.

Ele não percebe o quanto essa afirmação é de mau gosto — o único que realmente aproveitou o Carnaval foi ele.

Meu pai se aproxima da cama e repousa levemente os lábios na testa da minha mãe, noto que evita sua boca de propósito. Sei que pareço desconfiada demais, mas é impossível não prestar atenção nos detalhes quando conheço suas reais intenções.

— Claro, querido — minha mãe tenta pronunciar o mais claro possível, para que ele entenda, e fica feliz quando ele sorri, confirmando que havia sido bem-sucedida.

Antes de sair do quarto ele dá de cara com André, que cerra os dentes e contrai a mandíbula — seu olhar é cortante. Meu pai olha sobre os ombros para mim e depois volta a olhar para André. Ele entende. Não tem mais o filho ao seu lado. Bufa e vai embora. Na mesma hora o ar fica mais leve e consigo respirar confortavelmente. Meu irmão se aproxima e fica em pé na beirada da cama, enquanto eu me sento ao lado dela.

— Obrigada — diz ela, com dificuldade.

— Não tem que agradecer, mãe — responde André. — Agora é a gente que vai cuidar de você e vai dar tudo certo.

Ela assente sem muita confiança.

— Dormir — diz simplesmente, e nós dois entendemos.

Provavelmente o esforço para formular frases completas já não está valendo tanto a pena. Porém, sabemos que ela está cansada e precisa repousar. Por isso, dou um beijo em sua bochecha e André faz o mesmo. Fecho as cortinas da janela para deixar o quarto mais aconchegante e então a deixamos sozinha.

Passo o resto da tarde arrumando as malas e verificando de tempos em tempos se minha mãe precisa de algo. Mesmo com uma campainha no criado-mudo ao seu lado, que pode ser acionada a qualquer momento, me sinto mais segura checando. Nada me deixa mais angustiada do que a ideia de ela não conseguir nos chamar caso seja necessário.

Quando termino de organizar tudo de que preciso, me aconchego na cama. Faz algum tempo que não tenho uma boa noite de sono. Alcanço o celular para verificar o que há de novo na vida empolgante dos meus amigos, deslizando a timeline sem muito interesse até chegar em um post de Murilo. Não tem garotas ou bebidas dessa vez. É apenas uma foto nova de perfil, muito parecida com a que eu havia tirado há dois anos. Só que nessa ele olhava para a câmera e sua expressão não era suave, mas sim mais rígida e com algumas rugas na testa. O cabelo está bem cortado e não fora bagunçado pelo vento e as pontas estão chamuscadas pelo sol. Respiro fundo e sinto uma leve pontada no peito. Vai ser difícil parar de sentir qualquer coisa por ele.

É por isso que decido excluí-lo e bloqueá-lo de todas as redes sociais. Não estou com raiva nem nada do tipo. Mas é o que vai me trazer paz. Se algum dia nossos caminhos se cruzarem novamente, vai ser por causa do destino e não um algoritmo da internet.

Aproveito para excluir o app do Happn também. Nada de conhecer pessoas assim. Quero mais cara a cara, mais imprevisibilidade, mais empolgação — e não ansiedade por uma notificação de mensagem.

Falando em notificação, sou surpreendida pelo aviso de uma nova mensagem de Nicolas perguntando se já estou virando paulista. Não entro em muitos detalhes, mas aviso que passei mais dias em Tubarão do que em São Paulo, de fato. Não menciono minha mãe ou qualquer outro assunto relativamente importante do feriado. Quem sabe um dia eu me sentiria à vontade novamente para falar com ele sobre isso? Por eu ter me aproximado mais da minha mãe e do meu irmão, estou com receio de voltar a falar sobre isso com alguém que não seja um dos meus melhores amigos. É como se eu precisasse proteger o laço que voltou a se formar por ser ainda frágil demais para ser exposto.

À noite, vou até o quarto da minha mãe para me despedir. Meu voo seria muito cedo na manhã seguinte e não quero acordá-la.

— Espero que você seja muito feliz lá — diz ela com lágrimas nos olhos. — Você merece ser feliz, muito mais do que eu.

Será que ela foi feliz algum dia? Eu me pergunto o tempo todo.

— Algumas vezes a gente não entende as escolhas das outras pessoas. Mas existem coisas na vida que só cabem a elas decidirem. A partir de agora todas as decisões são pura e simplesmente suas.

Minha mãe respira com dificuldade e entendo que é difícil para ela falar tanto, peço para que descanse, mas ela me dispensa com um tapa na mão.

— Não quero que você viva lá pensando no que está acontecendo aqui. — Ela me olha com muita intensidade, como se esperasse me enfeitiçar com os olhos. — Sua vida não é mais em Tubarão. Você vai voltar para nos visitar, é claro. E eu estarei esperando. — Ela se cala e aguarda a minha confirmação, então balanço a cabeça. — Eu fiz minha escolha. Seu irmão, a dele. E seu pai, a mesma coisa.

Deixo escapar um riso e ela me censura com o olhar. É claro que ela sabe ao que me refiro. Mas como disse, faz suas escolhas todas as vezes que prefere renunciar ao que sabe.

— Pode deixar que vou seguir todas as recomendações médicas e repousar bastante.

Ergo as sobrancelhas. Se tem uma coisa que ela não está fazendo é repousar, pois escolheu fazer um discurso de despedida.

— Com certeza não vou sair em público desse jeito. — Ela sorri tristemente. — Então não vou ter muito com que me preocupar além de assistir Netflix e Discovery Home & Health. — Sua mão esquerda alcança minha bochecha e ela faz um carinho. — Agora é com você.

21

QUANDO pedi para que Gisele e Yuri me levassem até o aeroporto, não sabia que de brinde viria uma coleção de regras sobre o futuro de nossa amizade.

— Nada de arrumar novos melhores amigos — informa Gisele. — Seremos sempre os primeiros e únicos. Você terá no máximo *colegas*.

— Você quer me privar de fazer novas amizades pra sempre?

Ela me olha como se isso fosse óbvio.

— Você não precisa de novos amigos. É só ligar pra gente, ora. A tecnologia da comunicação avançou muito nos últimos anos, se não notou. Só falta inventarem uma forma de aparecermos como holograma. Mas é só questão de tempo.

Olho para o banco de trás onde está Yuri e ele apenas cruza os braços concordando com tudo que é dito por Gisele. Tenho a leve sensação que já discutiram isso antes.

— Nada de adicionar mais caras babacas na sua lista — continua ela. — Você já tem uma coleção no passado.

Eu tenho que concordar.

— Guarde um lugar para a gente no seu quarto em São Paulo. Pode ser colchão inflável, não importa. Mas temos que ser bem-vindos no novo lar.

Mordo os lábios antes de responder que, na verdade, meu quarto é minúsculo e que é mais provável eles terem que dormir na cozinha, entre a mesa e a pia. Além disso, ela nunca fez muita questão de frequentar minha casa em Tubarão, o que era irônico porque o que mais tem lá é espaço.

— Por último — ela suspira enquanto está concentrada na rodovia e depois olha para mim de relance —, não se esquece da gente.

Mas o que ela estava pensando? Que tava indo pra outro planeta? É impossível me esquecer dos meus melhores amigos só porque me mudei para outro estado.

— Essas regras valem para vocês também, né? — pergunto para me certificar.

— Algumas — responde Yuri.

Cruzo os braços.

— Isso é injusto!

Gisele dá de ombros.

— É você que está se mudando para outro estado.

— Mas você mesma disse que eu chego mais rápido vindo de São Paulo do que você de Florianópolis — argumento.

Ela inclina cabeça e me lança um sorriso irônico.

— Só que não sou eu que preciso de carona até o aeroporto.

Certo. Ela ganhou.

O meu voo para São Paulo é o primeiro do dia. O que acaba fazendo com que a maior parte dos passageiros seja homens e mulheres muito bem-vestidos com terno e gravata ou blazers caros. Prontos para sair daqui e ir para uma reunião importantíssima de alguma multinacional. É claro que não faço ideia do que realmente vão fazer em São Paulo, mas me divirto tentando imaginar.

A despedida no aeroporto consegue ser bem mais triste do que eu imaginava. Sou a primeira a começar a chorar assim que despacho a bagagem e subimos para o andar do embarque.

— Eu não acredito que estou realmente fazendo isso — digo enquanto subimos as escadas e tento enxugar as lágrimas. — Não parece real, mesmo que eu tenha assinado dois contratos na semana passada. O da matrícula e o do aluguel.

— Uau, que gente grande — brinca Gisele e eu a empurro de leve. — É meio assustador o fato de que tudo vai mudar.

Yuri e eu concordamos.

— Agora, falando sério — diz ele. — Não vamos deixar que a nossa amizade termine aqui, por favor.

Eu sorrio e passo um dos braços pela sua cintura — tenho a sensação de que ele cresceu mais alguns centímetros. Gisele faz o mesmo do outro lado.

— Dono Flor e suas duas esposas — brinca ela, nos fazendo rir.

— Vou sentir tanta falta de vocês — lamento. — E se eu realmente ficar sozinha lá? E se não conseguir conversar com ninguém?

Gisele revira os olhos.

— Meu Deus do céu, Analu, para de ser dramática. Você vai ter duas colegas de apartamento. É óbvio que vai fazer amizade com elas. — Ela estreita os olhos. — Mas nada muito forte, ok?

Sorrio. Gisele não tem motivos para ter receio de ser trocada. Vai ser difícil encontrar alguém tão ciumento e impaciente como ela. Mas também vai ser impossível achar uma pessoa tão verdadeira e leal.

O aviso da companhia aérea de que logo o embarque começará é o sinal para a gente se despedir de fato.

Abraço com força os dois e começo a chorar novamente. Yuri acaba me imitando e até mesmo Gisele, espera aí... são lágrimas nos olhos dela?

— Esse vai ficar marcado como o dia oficial que eu chorei — diz ela, desviando o olhar.

Eu me despeço e entro na fila dos raios x, dessa vez não há muito que esperar porque são poucos os passageiros que, como eu, ainda não entraram. Antes de mostrar meu cartão de embarque para o segurança, olho uma última vez para Gisele e Yuri e aceno. Respiro fundo e sigo em frente.

Eu nunca pensei que ficaria feliz em respirar poluição. Mas é exatamente assim que me sinto quando inspiro fundo na frente da portaria do apartamento onde vou morar pelos próximos dois anos. Pelo menos é o que diz o contrato assinado semana passada.

O porteiro me encara pelo vidro fumê com a testa franzida, com certeza está intrigado com meu sorriso enorme para o céu cinza. Até o barulho do trânsito parece música. A melhor trilha sonora que eu poderia ouvir neste momento.

— Hmm, boa tarde, sou a nova moradora do 605 — digo para o porteiro. — As meninas devem ter avisado que eu chegaria hoje.

Ele balança a cabeça e abre um sorriso de reconhecimento.

— Elas deixaram a chave aqui caso você chegasse e não tivesse ninguém. — Ele me oferece um chaveiro com duas chaves idênticas. — Mas elas estão em casa. Quer que eu interfone?

Nego com a cabeça. Não sou mais visita.

O homem não estranha a reação, apenas dá de ombros e libera o portão.

O condomínio não tem quase nada de atrativo além de um jardim bonito. Sem salão de festa, academia, piscina e todas essas frescuras. Ou alugava um apartamento por um preço justo e com uma localização legal, ou moraria bem longe e poderia fazer academia. Não precisei pensar muito para decidir. O elevador é um pouco antigo e para com um solavanco assustador, mas nem isso me desanima. Pelo menos tem elevador. Estou tão otimista que nenhum defeito me faz mudar de ideia.

Paro na frente da porta do apartamento 605 e rio novamente para o capacho da entrada, a mesma reação da primeira vez que estive aqui: "Sejam Bem-Viados". As garotas me disseram que foi em resposta aos outros moradores do andar que, em uma reunião de condomínio, acharam um absurdo um casal gay morar no 704. Segundo elas, o tapete já sumiu umas três vezes, mas sempre voltam a colocar um igualzinho no mesmo lugar — tem até um estoque com mais cinco.

Tenho certeza que encontrei as melhores colegas de apartamento. Mas não posso deixar a Gisele saber.

Destranco a porta com a chave e assim que dou o primeiro passo para dentro do apartamento as meninas gritam:

— Surpresa!

Levo um susto, é claro. Mas depois sorrio para a decoração improvisada que fizeram na pequena sala conjugada com a cozinha. Um cartaz de cartolina está colado na parede me desejando boas-vindas e um bolo em formato de claquete está em cima da mesa redonda. Nele está escrito "Ana Luísa na cidade grande — Cena #1".

— Não acredito que fizeram isso. Ficaram esperando esse tempo todo?

— Claro que não, sua boba — diz Stella, a mais baixinha com longos cabelos lisos escuros que caem pelas costas. — A gente pediu para o porteiro avisar.

Inclino a cabeça para o lado.

— Mas eu disse pra não interfonar.

Victoria revira os olhos.

— Tudo fazia parte da encenação — explica, com um sotaque fofo de Pernambuco. — Você deveria saber, vai fazer Cinema.

— O que uma coisa tem a ver com a outra? — pergunta Stella para a amiga.

— Sei lá. — Victoria dá de ombros e coloca uma mecha do cabelo encaracolado atrás da orelha. — Só não poderia perder a piada.

Sorrio para as duas. Stella e Victoria se conheceram no semestre passado, mas já se tornaram grandes amigas. Cada uma veio de um estado diferente, Rio de Janeiro e Pernambuco, respectivamente, e resolveram dividir um apartamento depois de se conhecerem em um grupo de universitários em São Paulo no Facebook. Elas me contaram que no primeiro mês a convivência foi extremamente difícil e pensaram seriamente em uma delas sair, mas o tempo passou e hoje não se desgrudam.

— Agora finalmente a gente pode comer o bolo — comemora Stella. — Demorei um século para fazer.

— Ficou muito bonito — elogio, na expectativa de ganhar logo um pedaço.

— Escrevi em cima, acho que mereço algum crédito — observa Victoria.

Eu rio e elogio a letra também. Ela se senta em uma das cadeiras e distribui três pratos de plástico na mesa, satisfeita.

Passamos horas conversando sobre o Carnaval *e* a expectativa com o início da faculdade. Apesar de já estarem há seis meses em São Paulo, ambas também seriam calouras neste semestre.

— Só de pensar no trote já me dá calafrios — diz Stella.

— Não acho que seja isso tudo. — Victoria acalma a amiga.

Então me lembro do que a Manu falou quando a encontrei na Praia do Rosa.

— Uma amiga minha me aconselhou a aproveitar pra valer, mas não me sentir obrigada a fazer qualquer coisa que eu não queira. As brincadeiras são legais, mas têm limites. E somos nós que delimitamos.

As duas ficam pensativas, mas concordam.

— Antes de me preocupar com o trote, preciso me preocupar com o metrô — falo e me recosto na cadeira. — E se eu for parar do outro lado da cidade?

As duas acham graça do meu leve desespero.

— Se você parar lá do outro lado é só pegar o metrô que volta, simples — Victoria fala como se fosse a coisa mais fácil do mundo, mas aposto que teve a mesma preocupação quando chegou por aqui. É fácil falar depois de meses de experiência.

Apesar da brincadeira, as duas procuram me explicar como funciona o metrô de São Paulo com a ajuda de um mapa no Google. Elas realmente se esforçam, mas não consigo visualizar na minha cabeça toda a mecânica do cruzamento das linhas.

— Como vou saber de onde sai o vagão? — pergunto depois de alguns minutos.

— Tem placas — responde Stella.

— Ou você pode simplesmente seguir a multidão. Eles vão para fora da estação ou em direção ao próximo vagão — sugere Victoria. — De qualquer forma, nunca passe pela catraca da saída se não é seu ponto final. Não tem jeito: você só vai entender quando estiver lá.

Durante a noite, tive pesadelos com labirintos que se conectavam por linhas de metrô e eu nunca achava a saída, pois os vagões abriam as portas para o mar. Acordo assustada e atrasada para o primeiro dia de aula na faculdade. É um tanto quanto simbólico o que o pesadelo representou. Passei as últimas três semanas resolvendo conflitos tão pesados e antigos, que a sensação é que a calmaria demorou para chegar. A partir de agora seriam desafios completamente diferentes e estou ansiosa para superá-los.

Saio correndo em direção à estação de metrô, seguindo as instruções do Google Maps. Meu maior desafio será acertar a direção do vagão e saber fazer a *baldeação* — palavra que eu não fazia ideia que existia e que significa trocar de linha durante o trajeto. No meu caso, troco da verde para a amarela quando chegar na Consolação.

Passar pela catraca foi fácil, é claro. Segui o fluxo de pessoas e observei as placas que me indicavam a direção certa. Stella e Victoria me explicaram que eu precisaria sempre encontrar os pontos finais de cada linha, eram eles que me indicariam a direção. Suspiro aliviada quando encontro o trem que vai para Vila Madalena. Quando entro em um vagão parcialmente lotado, agradeço mais uma vitória alcançada.

A parte difícil é quando o painel luminoso anuncia a estação da Consolação — isso significa que preciso descer, e que também preciso encontrar o caminho para a linha amarela. Quando minhas colegas sugeriram seguir o fluxo, eu não imaginei que seria realmente o *senhor fluxo*. São tantas pessoas subindo e descendo escadas rolantes que me pergunto se estou dentro de uma colmeia. É muita gente e um leve pânico começa a se formar no meu peito. Parece que nunca vou encontrar a saída.

Eu não tinha como voltar atrás, então simplesmente segui em frente, imitando as pessoas apressadas. Todos parecem ter um compromisso importante, porque apertam o passo e insistem em continuar subindo a escada rolante mesmo que ela seja automática e uma hora ou outra você vai chegar ao seu destino.

Aos poucos, a multidão parece se dispersar e é ainda pior, porque estou completamente perdida! Caminho seguindo algumas pessoas aleatórias e torço para que estejam indo para o mesmo lugar que eu. Fico tão nervosa que começo a ignorar completamente as placas.

As pessoas que segui me levaram até um dos vagões, mas não faço ideia se estou indo na direção certa. Tenho certeza que estou na linha amarela porque tudo é mais bonito e moderno — ela é uma das linhas de metrô mais novas. Mas não ter certeza do que fazer em seguida me deixa paralisada no meio da plataforma.

Estou com vergonha demais para pedir informação e assustada demais para entrar no vagão que para pela segunda vez na minha frente e vai embora. As pessoas nem sequer reparam em mim, estão ocupadas prestando atenção nos seus próprios pensamentos ou nas músicas que saem pelos seus fones de ouvido.

É por isso que quase tenho um ataque cardíaco quando alguém toca o meu ombro. É um garoto, que não deve ser muito mais velho que eu. Não consigo evitar olhá-lo de cima a baixo. Ele basicamente está vestido todo de preto. Calça preta, blusa de banda preta e coturnos. Será que sabe que estamos em pleno verão?

— Você precisa de ajuda? — pergunta ele.

Levo um tempo para entender. Tanto pelo ataque de pânico quanto pelo susto que senti quando tocou meu braço.

— Eu.. tô.. a.. acho — gaguejo, ainda nervosa. — Preciso pegar o metrô em direção ao Butantã. Sei que estou na linha amarela, mas não faço ideia se esse é o vagão certo. Eu... tenho certeza que vou me perder ainda mais se pegar o errado.

Fico na dúvida se ele está realmente me ouvindo porque apenas um dos lados dos fones de ouvido pendem do pescoço, a música sai extremamente alta. Mesmo assim, assente educadamente o tempo todo até eu terminar de falar.

Ele suspira e morde os lábios escondendo um sorriso e então aponta para uma placa enorme e amarela que está bem em cima da minha cabeça escrito "Butantã". Fecho os olhos, envergonhada. Estava ali o tempo todo.

— Relaxa, a primeira vez é sempre difícil. — O rapaz tenta me acalmar. — Depois você acostuma e nem lê mais as placas.

Acho bem difícil acreditar.

Neste momento, mais um vagão para na plataforma e as portas se abrem. O garoto entra e fica próximo à porta do lado contrário. Ele olha para mim e ergue as sobrancelhas.

— Você vem? — pergunta.

Eu o encaro por alguns segundos sem me mexer e sua expressão é de confusão. Provavelmente considerando se estou tendo outro ataque de pânico. O sinal sonoro começa a soar e isso quer dizer que as portas serão fechadas. *Um, dois...* Então pulo para dentro do vagão antes que as portas se fechem.

E eu vou.

Agradecimentos

MAIS uma vez estou escrevendo uma das minhas partes favoritas de um livro. Sabe por que isso está acontecendo? Porque eu *terminei de escrever* mais um livro! É uma loucura pensar que terei outra história minha lida por diversas pessoas que acreditam no meu trabalho. Será que um dia vou me acostumar? Provavelmente não.

É claro que eu não estaria publicando *Uma História de Verão* se não fosse o trabalho maravilhoso da minha agente literária, Gui Liaga. Essa mulher é fantástica! Chegamos até aqui de novo, Gui! Obrigada, obrigada, obrigada!

Ana Lima, que não canso de dizer que é minha pessoa favorita que esse mundo dos livros me apresentou, agradeço por você continuar acreditando em mim e na literatura para os jovens. Obrigada por ser uma inspiração de mulher incrível!

Mãe e Pai, vocês não têm noção de como o apoio de vocês foi fundamental na publicação do meu primeiro livro e durante a escrita de *Uma História de Verão*. Espero continuar honrando tudo que vocês esperam de mim. Amo vocês.

Meu irmão, Roger, obrigada por ser o meu propósito.

Bel Rodrigues, Pedrugo e Bruno Miranda, obrigada pelo lugar seguro da *Cúpula*. É uma honra crescer e aprender com vocês todos os dias.

Retirantes, dessa vez não vou conseguir citar um a um, mas acredito que somos quase uma entidade e todos são igualmente responsáveis pelos meus períodos de sanidade. Obrigada por todas as noites de jogatina, vinho (ou Skol Beats no carnaval) e risadas. Se o que dizem sobre a família que a gente encontra por aí for verdade, eu com certeza encontrei a família que eu precisava.

Barbara Morais, Babi Dewet, Lucas Rocha, Val Alves, Vitor Castrillo, Fernanda Nia, Taissa Reis e Dayse Dantas, vocês também fazem parte deste livro. Obrigada por animarem meus dias com palavras de amizade, stickers e gifs da Gretchen.

Aos meus leitores e inscritos, todo meu amor e carinho. Eu não sei como agradecer por todo apoio. Vocês são os grandes responsáveis por tudo.

Minhas grandes decepções, o que seriam de vocês na minha história se não inspirassem esse livro? Imortalizei em palavras e agora espero ajudar as pessoas a não caírem nas mesmas armadilhas emocionais. Não agradeço por terem passado pela minha vida, mas podem ter certeza que me tornei muito mais forte depois que vocês se foram.

Seja um leitor preferencial Record.
Cadastre-se e receba informações sobre
nossos lançamentos e nossas promoções.

Atendimento e venda direta ao leitor
mdireto@record.com.br ou (21) 2585-2002.

Este livro foi composto nas
tipologias Enjoy the Ride,
Helvetica Neue LT Std,
ITC Souvenir Std e Segoe
UI Symbol, e impresso em
papel off white no Sistema
Cameron da Divisão Gráfica
da Distribuidora Record.